Martin Harjung
Atha Athanasiadis

Basketball und Streetball

Alles über den Trendsport

Ueberreuter

Die Deutsche Bibliothek – CIP-Einheitsaufnahme

Harjung, Martin:
Basketball und Streetball : alles über den Trendsport /
Martin Harjung ; Atha Athanasiadis. –
Wien : Ueberreuter, 1999
ISBN 3-8000-1489-0

JS 0004/1

Umschlag von Christian Gutschi unter Verwendung eines Fotos
von © Sportimage Fotoagentur
Gesetzt nach der neuen Rechtschreibung

Printed in Austria
7 6 5 4 3 2 1

INHALT

91
33

EINLEITUNG

Es sind die Schlagwörter der Neunziger: cool, in, hip, ...
Und die Trends wechseln genauso schnell wie die Moden. Eine harte Zeit für alle europäischen Sportarten. Bestes Beispiel: Fußball. Fußball ist zu langsam – es dauert ganz einfach zu lange, bis mal ein Tor fällt.
Ein Problem, das Fußballmanager jetzt zum Umdenken zwingt: Neue Regeln sollen her ... das Spiel soll schneller gemacht werden – mehr Tore sollen für mehr Begeisterung sorgen.
Ein Problem, das eine Sportart nicht hat: Basketball.
Weit über 250 Millionen Menschen weltweit können nicht irren. So viele spielen nämlich regelmäßig Basketball oder Streetball. Fasziniert von schnellen Ballwechseln, vom Dribbeln, Werfen, Passen, Springen und vom Gefühl, wenn man einen *Scoop* landet, verfallen immer mehr Menschen der Faszination dieses Sports. Gefragt sind körperliche Geschicklichkeit, Wendigkeit, Dynamik, Spielidee und Spielwitz. Ein Boom, der nicht mehr zu bremsen ist.

Außerdem: Basketball ist viel mehr als nur ein Sport: Es ist ein neues Lebensgefühl. Egal ob es nun in der Halle gespielt wird oder ob das *Rack,* wie der Korb bei den Streetballern heißt, in einem Hinterhof hängt. Wer dem Trendspiel der 90er-Jahre verfallen ist, der kleidet sich auch wie ein Basketballfreak, hört HipHop und Techno und hat Coolness zu seinem Lebensmotto gemacht.
Und: Es braucht nicht viel, um den Trendsport ausüben zu können: einen Korb, einen Ball und natürlich die Spieler. Zwei Spieler reichen und schon kann's losgehen mit dem Streetball.
Eine Sportart, die nicht mehr aufzuhalten ist. Sozialpädagogen und Streetworker sehen in Streetball den Sport der Zukunft. Die Kids sind begeistert. Mit Freunden wird gespielt, wo gerade ein Korb hängt.
Das Spiel ist das Ziel. Im Basketball wird nicht verbissen trainiert, im Gegenteil. Die Funsportler wollen sich bewusst vom harten Leistungssport abgrenzen. Wie beim Snowboarden, Skateboarden oder Inline-Skating steht der Spaß im Vordergrund. Schulhöfe, Hinterhöfe, Parkplätze – alles wird zum Spielfeld umfunktioniert. Die Folge: Basketball bzw. Streetball ist dabei, dem Fußball, unserem Nationalsport Nummer eins, den Rang streitig zu machen.
Es geht hier aber nicht ums Spiel allein. Streetballer haben eine eigene, unverwechselbare Art sich zu kleiden. Sie stellen so ihren Lebensstil, ihre Lebenseinstellung demonstrativ zur Schau.
Aus einer Sportart wurde eine neue Jugendkultur.

DIE GESCHICHTE: WIE ALLES BEGANN ...

Once upon a time in America …

Die Geschichte des Basketball beginnt wie so viele andere Geschichten mit: *Es war einmal,* Ende des vorigen Jahrhunderts, ein amerikanischer Priester. Der Mann Gottes verabscheute brutale Spiele und harte Körperkontakte. Also dachte der Priester nach und erfand ein Spiel, das schnell, aber nicht brutal war – das Spiel mit dem Ball und dem Korb. So weit die erste Legende …

Basketballähnliche Spiele haben jedoch eine wesentlich längere Tradition. Die rollende, hüpfende oder fliegende Kugel zieht schon seit Jahrtausenden die Menschen in ihren Bann. In Ägypten formte man einen Ball aus Lehm und bemalte ihn. In Hinterindien wurde der Ball aus Pflanzenfasern gefertigt. Innovation war also schon vor Jahrhunderten gefragt, wenn es darum ging, einen Ball zu fertigen: aus Holz geschnitzt, aus Tierhaaren gepresst, aus aufgeblasenen Tierblasen hergestellt – alle möglichen Materialien wurden verwendet.

Die älteste überlieferte Spielart geht aber auf einen mittelamerikanischen Indianerstamm um 1000 n. Chr. zurück. Schon damals spielten zwei Mannschaften gegeneinander. Ziel war es,

einen Kautschukball mit dem Gesäß, der Hüfte oder den Knien in die gegnerische Hälfte zu katapultieren und ihn in ein Loch, das sich in einer Wand befand, zu versenken oder den Ball durch einen senkrecht stehenden, steinernen Ring in 6 Meter Höhe zu werfen. Genauere Regeln und Spielzüge sind unbekannt, da es nur wenige archäologische Funde darüber gibt. Wir können jedoch von Glück reden, dass sich im Laufe der Zeit einige der Spielregeln geändert haben, denn angeblich haben die Indianer nach dem Sieg die Spieler der unterlegenen Mannschaft den Göttern geopfert. (Eine Regel, mit der zumindest die hohen Kosten der NBA sofort und umgehend gesenkt werden könnten ...)
Und natürlich – wie könnte es anders sein – sollen auch die alten Griechen und Römer schon basketballähnliche Ballspiele betrieben haben.
Die meisten der Ballspiele waren an bestimmte jahreszeitliche Daten und Ereignisse gebunden. Fußball wurde beispielsweise hauptsächlich im Frühling oder im Herbst gespielt, da die Felder zu dieser Zeit abgemäht waren.

Wirklich groß geworden ist aber Basketball in Amerika.
Und dort lebte auch der Erfinder des modernen Basketballs: Dr. James Naismith, der Theologe und Sportlehrer war. Er sollte für die Studenten des Springfield College in Massachusetts (YMCA) ein Hallenspiel schaffen, das interessant und speedig war. Es musste ein Hallenspiel sein, da man im Winter, im Matsch und Schnee, das

beliebte American Football kaum spielen konnte. Bereits bestehende Hallenspiele waren langweilig, Geräteturnen und Gymnastik nur für einige wenige reizvoll. Guter Rat war also teuer. Dr. Naismith verabscheute den brutalen American Football, in dem harter körperlicher Einsatz gegen den Gegner dominiert. Er wollte daher ein ganz neues, ein absolut cooles, aber gewaltloses Spiel. 1891 war es dann so weit – das Basketballspiel war geboren.
Zuerst hatte Naismith die Idee, das Laufen mit dem Ball zu verbieten und nur das Spiel mit den Händen zu erlauben. Dann galt es noch das Problem des Punktens zu lösen. Hier hatte er den genialen Einfall, den Korb ins Spiel zu bringen. Die Körbe brachte er in einer Höhe von 10 Fuß (3,05 Meter) an. Um zu punkten, muss der Ball also in den Korb geworfen werden. Die ersten Körbe waren Pfirsichkörbe, die unten geschlossen waren. So war aber auch das Publikum immer am Spiel beteiligt, da der Ball oft in die Zuschauerränge flog.
Einige Jahre später, nämlich 1895, ergänzte man das Spiel daher um einen weiteren Faktor: das Brett hinter dem Korb. Der Grund: Nach dem Wurf flog so mancher Ball ganz einfach in hohem Bogen aus dem Feld. Der zweite positive Effekt des Bretts hinter dem Korb: Es wurde das *Reboundspiel* ermöglicht – also das Spiel des Balls an das Brett – und dadurch das Spiel dynamischer gemacht.
Ein Jahr später, 1896, wurde das *Dribbling* ins Spiel gebracht. Im Winter 1891/92 arbeitete

Naismith 5 Prinzipien und 13 Grundregeln für das neue Spiel aus, die heute noch in ihrem Grundgedanken Gültigkeit haben und oft als »alter Geist« des Spiels zitiert werden.

Grundprinzipien des Urbasketballs

- Der neue Ball (zunächst ein Fußball) sollte groß und so beschaffen sein, dass er von Angreifern wie Verteidigern gleichermaßen leicht gespielt werden konnte, und er musste mit den Händen geführt werden.
- Das Laufen mit dem Ball, das bei Football und Rugby zum harten Attackieren geführt hatte, wurde verboten.
- Der Ball durfte in jede Richtung gespielt wer-

den und beliebig oft hin- und hergeworfen werden. Jeder Spieler war berechtigt, ihn zu fangen.

- Beide Mannschaften durften die gesamte Spielfläche besetzen, nur körperlicher Kontakt war zu unterlassen.
- Das Ziel/Tor wurde in horizontaler Ebene und in die Höhe verlegt, sodass die Spieler gezwungen waren, den Ball im Bogen zu werfen. Mit Gewalt konnte also nichts mehr erreicht werden. Schnelligkeit, Spielwitz und Balltechnik brachten den Sieg.

Grundregeln des Urbasketballs

- Ziel des Spiels ist es auch heute noch, den Ball in den Korb des Gegners zu bringen. Der Spielball ist ein Fußball, die Körbe sind zehn Fuß hoch an der Galerie/Wand befestigt.
- Der Ball darf in jede Richtung mit einer oder beiden Händen geworfen werden.
- Der Ball darf in jede Richtung mit einer Hand oder beiden Händen geschlagen werden – jedoch niemals mit der Faust!
- Ein Spieler darf mit dem Ball nicht laufen, es sei denn, um zu stoppen.
- Der Ball darf mit den Händen, nicht aber mit den Armen oder dem Körper gehalten werden.
- Schultern, halten, stoßen, schlagen oder ein Bein stellen sind verboten. Die erste Verletzung dieser Regel wird als Foul geahndet, beim zweiten Mal wird der Spieler bis zum nächsten

Korbpunkt disqualifiziert. Absichtliches Foul führt zum sofortigen Ausschluss vom Spiel.

- Ein Foul begeht, wer den Ball mit der Faust schlägt oder gegen die Regeln verstößt.
- Drei aufeinander folgende Fouls einer Mannschaft werden als Korb für den Gegner gewertet.
- Ein Tor/Korb wird gegeben, wenn der Ball vom Feld in den Korb geworfen wird.
- Der Ausball muss innerhalb von 5 Sekunden ins Feld gespielt werden. Ansonsten wechselt der Ballbesitz. Absichtliches Verzögern kann zu einer Foulstrafe führen.
- Der Anschreiber notiert die Fouls. Der Schiedsrichter kontrolliert die Einhaltung der Regeln.
- Der Schiedsrichter entscheidet alle den Ball und Ergebnis betreffende Situationen.
- Die Spielzeit beträgt zweimal 15 Minuten, mit einer fünfminütigen Pause.
- Die Mannschaft mit den meisten Treffern wird zum Sieger erklärt. Im Falle eines Unentschiedens kann das Spiel bis zum nächsten Korb verlängert werden.

Es sollte jedoch noch einige Jahre dauern, bis dem Spiel mit dem Korb und dem Ball der große Durchbruch gelang.

FIBA UND NBA

KERR
25
32

FIBA – Weltfachverband Federation International de Basketball

Fast logisch, dass das neue Spiel des Theologie-Professors innerhalb weniger Jahre voll einschlug. Die zwingende Folge – eine Liga und eine internationale Organisation wurden gegründet.
Den ersten Schritt zu einer weltumspannenden Organisation unternahmen Basketballbegeisterte in den 30er-Jahren. Der Brite Renato William Jones, der unter anderem in Springfield studiert hatte und Sportlehrer am YMCA in Rom war, gründete 1932 den Weltfachverband Federation International de Basketball (FIBA). Mittlerweile sind über 190 Länder in diesem Verband organisiert.
1936 gelang dem Basketball der große Durchbruch: Basketball wurde als olympische Disziplin bei den Spielen in Berlin zugelassen. Diese Anerkennung durch das IOC und die Vereinheitlichung der Regeln verhalfen dem Sport zum Durchbruch. 23 Nationen nahmen in Berlin teil und natürlich dominierten hier die USA. Seit 1976 ist auch Damen-Basketball eine olympische Disziplin.

Die Zahl der Spielbegeisterten steigt ständig. Basketball, in Amerika *der* Volkssport, ist seit einigen Jahren auch in Europa auf der Überholspur.
Und doch gab es zwischen der FIBA und dem Ursprungsland des Basketballs immer wieder Probleme. In den USA etablierte sich Basketball als Profisport – die FIBA setzte jedoch ausschließlich auf Amateure. An den US-Auswahlen waren daher fast ausschließlich Studenten beteiligt. Immer wieder kam es zu Reibereien und Unstimmigkeiten zwischen der FIBA und der NBA, der amerikanischen Profiliga. Schließlich erkannten die Herren der FIBA, dass die NBA ganz einfach im Vorteil war: Der amerikanische Profisport war schneller, spritziger, attraktiver. Seit den 80er-Jahren ist der kometenhafte Aufstieg der NBA nicht mehr zu bremsen. Auch hier wieder einmal die logische Folge: Europäische Basketballer wanderten nach Amerika aus. Detlef Schrempf und Uwe Blab waren die ersten deutschen Spieler, die einen Vertrag mit der NBA unterschrieben.

NBA – Die US-Profiliga

Die NBA wurde 1946 gegründet. Ziel war es, eine attraktive Profiliga ins Leben zu rufen, die die oftmals leeren Hallen füllen sollte. In elf Städten von der Ostküste bis Chicago und St. Louis spielten die neuen Profiteams. Hier standen also nicht nur die sportlichen, sondern eher die wirt-

schaftlichen Interessen im Vordergrund. Die NBA war jedoch nicht die erste Liga dieser Art.
Die erst Profiliga entstand in Pennsylvania: die National League. 1925 unternahmen New Yorker Geschäftsleute einen weiteren Versuch, eine nationale Liga zu gründen. Die ABL (American Basketball League) hielt sich bis 1928, aufgrund der Wirtschaftskrise musste sie den Spielbetrieb jedoch einstellen. Eine andere Form des Basketballs zeigten verschiedene Show-Teams wie die Harlem Globetrotters aus Chicago und die New York Renaissance Five. Das Besondere an diesen Teams war, dass hier vorwiegend Afro-Amerikaner spielten. Damals waren in Amerika die Rassenvorurteile noch sehr tief verankert. In der Profiliga durfte kein Schwarzer spielen.
Die steigende Popularität des College-Basketballs führte 1937 zur Gründung der NBL (National Basketball League). Erstmals unterstützten verschiedene Firmen wie Goodyear & Firestone und General Electric die Spieler der Liga. Dennoch konnte die NBL nicht alleine existieren und musste sich 1949 einer zweiten Profiliga anschließen, die wir heute noch als NBA kennen. Als dann die besten Teams aus allen großen Städten in einer Liga vereint waren, kam auch der Erfolg. Die Hallen füllten sich, immer mehr Menschen begeisterten sich für Basketball. Als die restlichen NBL-Mannschaften nach der Spielzeit 1948/49 ebenfalls zur NBA wechselten, kannte die Begeisterung keine Grenzen mehr. 17 Mannschaften spielten ursprünglich in der NBA, der National Basketball Association. Bereits

ein Jahr später wurden die Regeln verschärft: Nur noch zehn Teams durften in der Liga spielen.
Boris Stancovic hatte erkannt, dass ohne die US-Profis eine Weiterentwicklung des Basketballs nicht möglich ist. Sein Ziel war es nun, beide Verbände zusammenzubringen und gemeinsam zu arbeiten. Wie bereits erwähnt, stagnierte der europäische Basketball in den 80er-Jahren. Gerade in dieser Zeit boomte jedoch die NBA. Was lag also näher, als mit der NBA gemeinsame Sache zu machen? Klar, es dauerte ein Weilchen, genauer gesagt bis 1987. Bei den McDonald's Open messen sich seit damals europäische Spitzenclubs mit den Top-Teams der NBA. Keine Frage, wer die meisten Spiele für sich verzeichnen kann. Es gilt schon als kleine Sensation, wenn bei diesem Turnier eine europäische Mannschaft ein Match gewinnt.

Wer jedoch auf sportlicher Ebene zu 100 Pro-

zent anerkannt sein will, muss an den Olympischen Spielen teilnehmen dürfen. Erst die offizielle Zulassung der Profis zu Europa- und Weltmeisterschaften und schließlich zu den Olympischen Spielen brachte den endgültigen Durchbruch.
1991 wurde der US-Verband »USA-Basketball« gegründet. Dieser Verband ist Mitglied des Weltfachverbandes FIBA. Somit ist nun auch die NBA, wenn auch nur indirekt, ein FIBA-Mitglied. Bei den Olympischen Spielen in Barcelona 1992 waren die amerikanischen Profis dann dabei und nicht mehr zu bremsen. Das »Dream Team« gewann überlegen die Goldmedaille. Und auch bei den folgenden Olympischen Spielen in Atlanta war ihnen Gold nicht zu nehmen.
Mittlerweile gibt es in den USA auch eine eigene Damen-Basketball-Profiliga. Und schon das erste Jahr der Liga war ein durchschlagender Publikumserfolg.

Die besten Teams in der Geschichte der NBA

Anlässlich des 50-Jahr-Jubiläums der NBA wurden die 10 besten Teams der NBA ermittelt. Entscheidend war, welche Mannschaft in einer Saison die meisten Siege erringen konnte.

- 1964–65 Boston Celtics

Schon in der Vorrunde unschlagbar. Bilanz: 62 Siege

- 1966–67 Philadelphia 76ers

Sie stießen nach acht Saisonen die Boston Celtics vom Thron. Schon in der Vorrunde 42 Siege bei 4 Niederlagen.

- 1969–70 New York Knicks
Revolutionierten das Passspiel in dieser Saison. Die Gegner waren chancenlos.

- 1971–72 L. A. Lakers
Schafften einen Rekord, der bis heute ungebrochen ist: 33 Siege in Folge.

- 1982–83 Philadelphia 76ers
Rauschten in dieser Saison durch die Play-offs, inklusive souveränem Finalsieg.

- 1985–86 Boston Celtics
Verloren daheim in dieser Saison nur ein einziges Mal.

- 1986–87 L. A. Lakers
Gewannen 11 von 12 Play-off-Spielen. Bester Spieler Earvin »Magic« Johnson.

- 1988–89 Detroit Pistons
Schlugen im Finale die favorisierten L. A. Lakers mit 4:0. Neuer Star: Dennis Rodman.

- 1991–92 Chicago Bulls
Das zweite Championjahr der neuen Stars.

- 1995–96 Chicago Bulls
Das bisher beste Jahr der Stars Jordan, Pippen und Rodman. Gewannen 87 von 100 Spielen: neuer NBA-Rekord.

VOM STREETBALLER
ZUM BASKETBALLPROFI

porter
adidas

Das Spiel auf der Straße: Streetball

Von Amerikas Straßen und Hinterhöfen aus eroberte Basketball beziehungsweise Streetball die ganze Welt. Jugendliche Schwarze der Slums und Ghettos amerikanischer Metropolen wie New York, Los Angeles und Chicago haben diesem Spiel auf der Straße zur Popularität verholfen.

Die Gründe: Man brauchte keine großen finanziellen Mittel, um spielen zu können. Körbe wurden teilweise aus irgendwelchen alten, verrosteten, verschrotteten Teilen, die man sich auf den Müllhalden besorgte, gebastelt. Straßen, Hinterhöfe und Spielplätze wurden zum Territorium der Streetballer erklärt. Gespielt wurde überall, wo man etwas Platz hatte und der Korb befestigt werden konnte. Streetball gab den Kids die Möglichkeit, sich spielerisch zu behaupten.

Das Motto heißt: *Challenge day by day.* Gespielt wird von frühmorgens bis spät in die Nacht.

Streetball hat somit auch eine erzieherische Funktion bekommen: Für die Kids aus Harlem ist es ein Weg aus der drohenden Verwahrlosung, der Drogenabhängigkeit und dem sozialen Elend.

Spezielle Foulregeln sind absolutes Gebot. Ein

Verstoß kann mit einem Platzverweis und im Extremfall mit einem Ausschluss aus der Clique geahndet werden. *To make the basket,* den Korb machen, ist zwar das vorrangige Ziel des Spiels, es ist jedoch nicht egal, mit welchen Mitteln man ans Ziel gelangt. Je spektakulärer, einfallsreicher und witziger ein *Hoop,* ein Korb, erzielt wird, desto höher steigt das Ansehen. Auf der Straße zählt: »Hart für seinen Traum kämpfen und eine Menge Scheiße einstecken – dann kann man es schaffen. Wie eine Droge lässt dich das Spiel nicht mehr los. Du musst wieder raus: spielen.«

Und so sind die Hinterhöfe längst zum Mekka der Talentesucher geworden. Ob für die NBA oder die College-Liga – die Manager wissen genau, dass hier die Basketballtalente der Zukunft spielen.

Und auch die Kids wissen das. Engagiert, ehrgeizig und verbissen arbeiten sie daran, den Sprung vom Hinterhof ins Rampenlicht der Sporthallen zu schaffen.

Jeder versucht seinen eigenen, unverwechselbaren Spielstil zu entwickeln. Rick Barry, ein ehemaliger amerikanischer Profibasketballer, wurde durch seine eigenartigen Freiwürfe bekannt. Er hielt den Ball mit beiden Händen vor seinen Knien und warf ihn dann aus dieser Position, mit einer Trefferquote von über 80 %, in den Korb. Auch die Superstars von heute wie Jermaine O'Neal, Charles Barkley, Scottie Pippen und Legenden wie Jordan und der große Magic Johnson haben ihren eigenen, charakteristischen Wurfstil zum Teil auf der Straße erworben.

Streetball: Voraussetzungen und Regeln

Streetball und Basketball haben zwar vieles gemeinsam, einiges ist jedoch unterschiedlich. Das beginnt schon damit, dass beim Streetball beide Mannschaften auf einen Korb werfen. Gespielt wird im Freien 3 gegen 3. Man kann auch 2 gegen 2 oder gar 1 gegen 1 spielen. Als Spielfeld dient im Allgemeinen das halbe Basketballfeld. Dies hat denn die Ausmaße von 12 bis 13 Meter Länge und 6 bis 7 Meter Breite. Der Korb hängt so, dass sich der Korbring 3,05 Meter über dem Boden befindet. Für jüngere und daher meist kleinere Spieler kann man den Korb auch tiefer hängen. Am Korb soll ein nach unten offenes Netz befestigt sein, damit der Ball etwas gebremst wird, wenn er durch den Korb fällt. So sieht man eindeutig, wenn ein Korb erzielt wurde.

Prinzipiell machen sich die Streetballer die Regeln zwar vor dem Spiel untereinander aus, bei einer offiziellen Streetball-Challenge gibt es allerdings feste Regeln, an die sich die Spieler halten müssen. Die Foulregeln sind jedoch absolut einzuhalten. Hier gibt es keine Möglichkeit einer Änderung. Einige Regeln muss es einfach geben um etwa ein eigensinniges Spiel einzelner Spieler zu verhindern und auch um langen Diskussionen und Streitereien entgegenzuwirken.

Beispiele aus den derzeit gängigen Regeln:

Beide Mannschaften wärmen sich vor dem Spiel gleichzeitig auf. Bei der *Adidas Streetball Chal-*

lenge sind Dunkings weder während der Warm-ups noch im Spiel erlaubt. Bei der *Back Top* als auch bei der *3 on 3 World Tour* sind Dunkings im Spiel erlaubt.
Gespielt wird bis zu sechzehn Punkten oder maximal zwanzig Minuten, die Zeit läuft durch.
Jedes Team kann zwei *Time Outs* à sechzig Sekunden bei laufender Uhr nehmen. Bei Time Outs während der letzten drei Minuten wird die Uhr gestoppt.
Welche Mannschaft zuerst in Ballbesitz kommt, wird vor Spielbeginn ausgelost.
Jeder erfolgreiche Korbwurf zählt einen Punkt. Weitdistanzwürfe, das sind Würfe, die hinter der Distanzlinie (6,25 m vom Korb entfernt) geworfen werden, zählen zwei Punkte. Beim Abwurf dürfen die Füße des Spielers die Linie nicht berühren.
Es gibt kein *Make it – take it,* sondern nach jedem Korberfolg wechselt der Ballbesitz. Bevor der Ball weitergespielt werden kann, muss er von einem Gegenspieler »gecheckt«, das heißt dem Angreifer übergeben werden.
Nach jedem Foul oder »Aus« erhält die gegnerische Mannschaft den Ball hinter der Distanzlinie. Bei der *3 on 3 World Tour* wird nach einer bestimmten Anzahl von Fouls eines Teams jedes weitere Foul mit Freiwürfen bestraft.
Statt des üblichen Sprungballs erhält in Zweifelsfällen die verteidigende Mannschaft den Ball.
Nach jedem Wechsel des Ballbesitzes muss der Ball hinter die Distanzlinie zurückgespielt werden, sonst kommt der Gegner wieder in Ballbe-

sitz. Unterbleibt das Zurückspielen des Balls, werden auch die Punkte aus diesem Angriff nicht gegeben.
Vor einem Korberfolg müssen mindestens zwei Spieler einer Mannschaft in Ballbesitz gewesen sein.

A: Alle Fouls werden von dem foulenden Spieler selbst angezeigt oder durch den gefoulten Spieler angesagt. Hier sollen sich die Mannschaften selbst einigen. Fairness wird erwartet.

B: Wenn ein Spieler während des Wurfs gefoult wird und der Ball ins Netz geht, zählt der Korb und die andere Mannschaft kommt in Ballbesitz.

C: Handgreiflichkeiten ziehen einen Tournierausschluss für beide betroffene Teams nach sich. Absichtliche Fouls führen zum Freiwurf mit anschließendem Ballbesitz für die gefoulte Mannschaft. Alle gelungenen Freiwürfe zählen einen Punkt. Bei zwei absichtlichen Fouls innerhalb eines Spiels durch einen Spieler muss dieser Spieler für die verbleibende Spielzeit vom Feld.

Zeitspiel verstößt gegen das Fairnessprinzip. Deshalb läuft eine »gedachte« 30-Sekunden-Uhr. Wird der Angriff nicht innerhalb von 30 Sekunden abgeschlossen, bedeutet das Ballverlust.
Der Ersatzspieler kann beliebig oft eingewechselt werden. Aber nur dann, wenn gerade ein Korb erzielt wurde oder der Ball ruht.
Es gibt für jeden Court einen Court-Beobachter,

der im Falle einer Unstimmigkeit zwischen zwei Mannschaften das letzte Wort hat. Er ist jedoch kein Schiedsrichter. Falls der Court-Beobachter, aus welchen Gründen auch immer, keine Entscheidung fällen kann, muss eine Münze geworfen werden.

Jede Nichtbeachtung von Entscheidungen des Court-Beobachters führt zum Ballverlust.
Nur der Mannschaftskapitän darf sich im Falle von Unstimmigkeiten stellvertretend für sein Team beschweren. Wird das Spiel nach einer Unstimmigkeit wieder aufgenommen, gilt sie als geklärt.

Streetball in Amerika

Während in Europa die Basketball-Scouts die Streetballplätze des Landes durchkämmen,

immer auf der Suche nach neuen Talenten, ist Streetball in Amerika längst zum Friedhof der Hochbegabten verkommen.
In den USA kommt der Nachwuchs für die NBA von der Highschool und vom College. Nur wer dort zu den Besten gehört, hat eine Chance, im Basketballhimmel Millionen zu scheffeln. Motto der Scouts: Die NBA muss sauber bleiben. Keine Skandale, keine Randale.
Der College-Basketball garantiert dafür. Hier wird neben Spielzügen auch Disziplin, Unterwerfung, Rhetorik, Mannschaftsdienlichkeit und vor allem Loyalität gelehrt. Wer das nicht drauf hat, fliegt. Und landet in den Streetballkäfigen der Vorstadtslums. Die NBA ist mittlerweile ein weltweiter Konzern, der Skandale hasst und das Risiko scheut. Wer etwa Streetball in New York spielt, gilt als drogenerfahren, gewaltbereit und untrainierbar. Und stellt damit ein größtmögliches Risiko dar. Deutliches Indiz dafür: Gerade mal vier New Yorker Spieler gehörten in der vergangenen Saison noch zu den Formationen der 29 Profiteams der NBA. Die New York Nicks haben keinen einzigen Einheimischen mehr in ihrem Team.
Selbst die Erfolgsquote jener wenigen Scouts, die die Talente noch von den Streetballkäfigen holen und in High-School- oder College-Mannschaften unterbringen, ist mager. Die meisten der Kids landen schon nach wenigen Monaten wieder im Ghetto. Drogen, Diebstahl, Autoeinbrüche und Streit mit dem Trainer, der meistens auch noch weiß ist. Die Gründe sind immer die

gleichen. »Ich lasse mich nicht wie ein Kind behandeln« – so enden die Streite und die hoffnungsvollen Karrieren der Kids.
Tatsache ist, dass die Streetball-Romantik in den USA, wie sie Marketingmanager, Filmemacher und Werbegurus den Europäern verkaufen wollen, so gar nicht romantisch ist. Diese Slogans galten noch für die 60er-Jahre, als den Profis das Spielen auf der Straße noch nicht per Vertrag verboten war und die Streetballer von der Straße noch Profis werden konnten. Heute ist genau das Gegenteil der Fall.
Dabei sieht man so manchem Streetballer in den Straßen New Yorks an, dass er das Zeug hätte ein Superstar in der NBA zu werden. Doch daraus wird nichts. Im Sommer, wenn brütende Hitze über der Stadt liegt, wird das *Malcolm X Invitational* in den Straßen von Manhattan gespielt. Und alle Stars der Straße machen mit. Auch auf die Gefahr hin, von irgendeinem Halbstarken aus einem vorbeifahrenden Auto heraus erschossen zu werden – einfach so, ohne jeden Grund.
Und dann gibt es ab und zu kleine Lichtblicke für die Stars der Straßen. Etwa wenn das bekannte Sportmagazin *Sports Illustrated* auf dem Titelbild einen der Helden beim Dunk in den Streetballkäfigen ablichtet. So passiert dem wohl größten Talent der Straße, Edward »Booger« Smith. Einer der letzten Straßenscouts hatte ihn entdeckt und an ein kleines College in Arizona vermittelt. Dort zeigte er Kunststücke mit dem Ball, die die dortigen Trainer noch nie gesehen hatten. So gut er

auf dem Platz war, so schlecht war er in der Schule. Und als er für ein paar Spiele wegen schlechter schulischer Leistung gesperrt wurde, sagte er dem College und somit seiner NBA-Karriere ade. *Sport Illustrated* fand »Booger« schließlich bei einem Streetball-Turnier in New

York. »Booger Smith – das Phänomen des Streetballs« titelte das Magazin. Und das war's auch schon. Heute ist Booger dort, wo er herkam: in den Slums. Wie sagte er im Interview mit *Sport Illustrated?* »Falls es mit der NBA nicht klappt, werde ich eben Dealer. Irgendwie, Leute, komme ich schon zu meinem Straßenkreuzer.«
Und so wie Booger denken die meisten Youngsters in den Straßen Amerikas – sie träumen von ausverkauften Hallen und jubelnden Massen und enden schließlich in der Kriminalität.

Der Weg nach oben

Faktum ist: Gefinkeltes, witziges Spiel und kunstvolle Würfe sind gefragt. Der *No Look Pass,* der *Fadeaway Jump Shot* oder der *Slam Dunk rückwärts.* Das ist es, was die Leute sehen wollen. Je verrückter es auf dem Feld zugeht, je speediger das Spiel ist, desto attraktiver ist es für die Spieler und auch für die Zuschauer. Immer auf der Suche nach neuen Möglichkeiten. Abgefahrene Sprüche, wie man sie von Dennis Rodman hört, geben einen zusätzlich Kick:

»Ich liebe dieses Spiel, ich liebe seine Schmerzen. Sie machen mich lebendig. Ich brauche keine Drogen um mich in Fahrt zu bringen. Ich kriege meinen Kick im Spiel. Ein Spiel ist erst gut, wenn es wehtut und man den inneren Schweinehund überwinden muss. Immer auf der Suche nach dem

Schmerz, der die Gedanken wieder auf den richtigen Weg bringt. Wenn es mir zu gut geht, kann ich nicht arbeiten. Ich brauche den Schmerz, ich steh' auf Schmerz. Wenn du beim Basketball über Rassen redest, ist die Sache ganz einfach: Ein schwarzer Spieler weiß, dass er einen weißen in den Arsch treten kann.«
Dennis Rodman hat's geschafft. Auf seinem Weg hat er, wie er oft betont, »eine Menge Scheiße« einstecken müssen. Mit achtzehn kannten ihn nur seine Familie, seine Freunde und die Polizei. Basketball war seine Eintrittskarte in eine andere Welt. Für ihn zählt jedoch nicht das Punkten. Er hat sich vorgenommen in die *Hall of Fame,* die Basketball-Ruhmeshalle, zu kommen, als der beste Rebounder. Er hat sich nur einen Aspekt des Spiels herausgegriffen und ihn in eine Kunstform verwandelt. Rebounds holen ist Knochenarbeit und nicht sonderlich beliebt unter Spielern, die nur spektakulär punkten wollen. Rodman gibt dem Rebounding Gewicht, indem er nicht punktet, sondern durch viel Stellungsspiel den Weg für die Punkte der Mitspieler ebnet. Rodman ist jener Spieler, der »Löcher« in die Verteidigung der gegnerischen Mannschaft reißt. Dazu kommt seine freche »Schnauze«. Rodman provoziert, wann immer es geht. Das heizt das Spiel zusätzlich an. Sein Lieblingsspruch für seinen Gegenspieler: »Ich werde dir im Spiel die Fresse polieren.« Rodman gibt erst auf, wenn ein Typ zur Bank gehen muss, nachdem er des Feldes verwiesen wurde, und sagen muss: »Yeah, der hat mich wirklich zur Sau gemacht.«

»Mit allem, was ich auf dem Feld mache, pusche ich mich auf. Ich versuche mich im Kopf des anderen festzusetzen. Ich fluche nicht über ihn. Ich sitze nicht da und sorge dafür, dass er sich wie ein Stück Scheiße fühlt. Ich labere nicht auf ihn ein, beschimpfe ihn nicht. Er wird sich schon beschissen genug fühlen, nachdem ich ihn fertiggemacht habe, darum muss ich's ihm nicht erzählen. In seinem Inneren weiß er es. Und er weiß, dass ich es weiß. Nur darauf kommt es an.«
Rodman selbst sagt von sich, er sei hungriger als die anderen Typen. »Ich bilde mir ein, ich wäre ein Löwe oder irgendein anderes wildes Tier im Dschungel. Sie jagen ihre Beute um zu überleben. Wenn ein Tier hungrig genug ist, greift es alles an, was sich bewegt.« Jeder Rebound stellt für ihn eine persönliche Herausforderung dar. »Ich rede mir permanent ein, ich müsste jeden Rebound kriegen, um weiter in der Liga spielen zu dürfen. Wenn ich den Ball nicht kriege, muss ich zurück nach Dallas, wieder auf die Straße, zurück in die Hölle.«

Nur die wenigsten schaffen jedoch den Aufstieg. Wer ganz unten anfängt, für den ist ganz oben fast unerreichbar. Für viele ist das College das Sprungbrett. Das setzt natürlich auch schulische Erfolge voraus.

Ein Beispiel: Stephan Marbury ist 19 und bereits Profi. Nach nur einem Jahr College ist er NBA-Spieler, Playmaker der Georgia Tech. Die Kids werden jünger und jünger. Der Ehrgeiz nach oben zu kommen ist groß. Neben dem College werden noch Basketballcamps absolviert, die mittlerweile zu einem Markenzeichen des amerikanischen Basketballs geworden sind. Im krassen Gegensatz zum Streetball dominieren hier Drill und Perfektionismus. Diese Camps werden von Basketball-Associations betreut.

Was tut sich im deutschsprachigen Raum?

Im Gegensatz dazu zählte Basketball in Europa immer zu den Stiefkindern unter den Sportarten. *White man's disease,* die Krankheit des weißen Mannes, also seine chronische Unfähigkeit zu springen, und Vorurteile, wie Basketball sei nur ein Spiel für Schwarze, festigten zusätzlich sein Mauerblümchendasein. Was ist also passiert? Wie kommt es, dass Basketball beziehungsweise Streetball auch bei uns zum Kultsport avancieren?

Dass Streetball immer populärer wird und mehr

und mehr Kids und Jugendliche ihre Begeisterung für das Spiel entdecken, ist auch auf das Engagement eines großen internationalen Sportartikelherstellers zurückzuführen. Adidas hat Streetball nach Europa geholt und aus seinem Mauerblümchendasein befreit. 1992 gab es den ersten *3 on 3*-Basketballwettbewerb in Deutschland. Das Streetballfieber brach aus und verbreitete sich wie ein Lauffeuer über ganz Europa. Im Rahmen der *Streetball Challenge* veranstaltet die Firma »Adidas« große *3 on 3*-Turniere, zum einen die *German Tour* in ganz Deutschland, zum anderen die *European Tour* in ganz Europa. Du kannst aber

auch bei den *Black Top,* einem Turnier der Firma Reebok, oder bei der *3 on 3 World Tour* des US-Unternehmens »Converse« dein Glück versuchen. Neben diesen Großveranstaltungen finden auch kleine Turniere statt, die von Sportgeschäf-

ten, Vereinen oder anderen öffentlichen Einrichtungen durchgeführt werden.
Und ganz unschuldig ist natürlich auch das Fernsehen nicht gewesen. Schnell haben die Sportkanäle die Faszination des Basketball für sich entdeckt, und zwar aus rein finanziellen Interessen. Durch die vielen Pausen während eines Basketballspiels kann auch mehr Werbung untergebracht werden und die bringt wiederum viel Geld.

Früh übt sich ... !

Basketballcamps in Deutschland

Trainieren wie ein Profi – hört sich toll an, kostet aber viel Schweiß und ist knochenharte Arbeit. Die verschärfteste Form der Camps in Deutschland ist zweifelsohne das Adidas-Allstar-Camp. Der Tag beginnt um 7.45 Uhr: Frühstück, Team-Meeting, Warm-up mit Physiotherapeuten, Spiel-Stationsbetrieb, Positionstraining, Teamtraining, Ligaspiele ... und dazwischen nur kurze Pausen und Gespräche mit Detlef Schrempf. Um 23 Uhr ist Nachtruhe angesagt. Das Camp dauert eine Woche und fordert von den jungen Talenten wirklich alles. Trotzdem sind die Kids begeistert. Das Adidas-Allstar-Camp mit Detlef Schrempf ist derzeit die höchstkarätige Form der Nachwuchsförderung.
Ein Camp der anderen Art ist das *HOOP Camp e. V.*. Hier wird Basisarbeit geleistet. Hier lernst

du das Einmaleins des Spiels – aber ebenfalls von Profis.
Dann gibt's noch das *DSF-Camp.* Von Profis geführt steht hier jedoch mehr der Freizeitgedanke, Spiel und Spaß im Vordergrund.
Für jeden, der sich verbessern will oder einfach einmal in die Welt des Basketball reinschauen will, gibt es sicherlich das passende Camp.

FIT FÜRS SPIEL

Die Ausrüstung

Während andere Sportarten wie Schifahren, Snowboarden oder Golf schon beim Equipment mächtig ins Geld gehen, gehört Basketball zu den billigsten Sportarten der Welt. Denn nur drei Dinge braucht der Basketballspieler: Schuhe, Ball und Korbanlage.

Was muss ein Schuh können?

Eins ist klar: Ein guter Basketballschuh ist nicht billig. Dafür kann er aber einiges. Im Sportfachgeschäft findest du ein reichhaltiges Angebot an speziellen Basketballschuhen, speziellen Hallenschuhen und anderen hohen Sportschuhen. Was muss ein Basketballschuh also können und was soll er verhindern? Die Verletzungsgefahr beim Spiel ist ziemlich groß. Schnelle Passfolgen *(Give and Go)*, Dribbeln, schnelle Moves und die ständigen Sprünge – da kann es schon mal passieren, dass man wegkippt. Ein Seitenband reißt übrigens schneller, als man glaubt.
Adidas baut bei seinen Schuhen auf die *Feet You Wear*-Technologie. Ein an die natürliche Bewe-

gung des Fußes angelehntes Konzept sorgt dafür, dass der Schuh dich nicht behindert, sondern zu einem Teil von dir wird, sich deinen Bewegungen anpasst und dir Halt gibt. Abgerundete Fersen, spezielle Einsätze in der Außensohle und die entsprechende Dämpfung sind jedoch nicht billig. Der Adidas-*Equipment Rim Reaper* kostet beispielsweise um die 250,– Mark.

Nike bietet neben verschiedenen Allroundern auch einen Schuh, der für besonders große und schwere Jungs konzipiert ist. Der Nike-*Air Max Uptempo III* hat eine extrem hochgezogene Mittelsohle aus hochverdichtetem Kunststoff. Kosten: Um die 300,– Mark. Die Besonderheit der Nike-Boots ist das *Air*-System. Zahlreiche Kammern sind mit einem unterschiedlich hohen Innendruck versehen.

Reebok fährt ein ähnliches Konzept wie die anderen Sportartikelhersteller. Markenzeichen ist hier die Hexalite-Dämpfung.

Am besten, du lässt dich beim Kauf beraten. Nimm dir viel Zeit, denn der Schuh sollte wirklich 100%ig zu dir passen.

Welche Klamotten brauche ich?

Streetballer haben's leicht – sie tragen, was ihnen gefällt. Cooles Outfit für ein cooles Game. Du solltest jedoch darauf achten, dass die Sachen atmungsaktiv sind: Baumwolle ist besser als Synthetik.

Bequem sollte es natürlich auch sein, denn wenn dir die Bewegungsfreiheit fehlt, kann's schon mal passieren, dass ein *Jump Shot* in die Hose geht. Im Basketballwettkampf gibt's jedoch ganz genaue Regeln, wenn's um die Klamotten geht.
In den FIBA-Regeln kann man Folgendes nachlesen:

Die Spielbekleidung besteht aus einheitlichen Hemden, auf Vorder- und Rückseite von gleicher einfarbiger Beschaffenheit. Das heißt, sollte deine Mannschaft eine Vorliebe für gestreifte, karierte, geblümte oder sonstige lustige Muster haben, müssen wir euch enttäuschen; es ist leider nicht erlaubt.
Weiters steht hier geschrieben, dass männliche Spieler die Hemden während des Spiels in den Shorts tragen müssen. T-Shirts, die unter den Hemden getragen werden, müssen die gleiche einfarbige Beschaffenheit haben wie das Hemd. Shorts müssen auf der Vorder- und

der Rückseite von gleicher einfarbiger Beschaffenheit sein. Hier ist man dann aber doch nicht ganz so streng und macht auch Eingeständnisse: Die Farbe der Hose muss nicht gleich der Farbe des Hemds sein. Jedoch: Unterkleidung, die unterhalb der Shorts sichtbar getragen wird, muss die gleiche einfarbige Beschaffenheit haben wie die Shorts.

Verletzungsgefahr beim Spiel

Wer den Fehler begeht und Basketball unterschätzt, wird schon nach den ersten Spielversuchen sein Lehrgeld bezahlt haben. Basketball entstand zwar als Gegenpol zum brutalen American Football und sollte ein absolut »gewaltfreies« Spiel sein, doch auf dem Feld geht meist ganz schön die Post ab. Dementsprechend groß ist auch die Verletzungsgefahr.

Kein Spieler darf Gegenstände tragen, die gefährlich sind. Offiziell gilt:

Verboten:

- Schutzvorrichtungen, Verbände oder Stützen aus Leder, Kunststoff, flexiblem Kunststoff, Metall oder irgendeinem anderen harten Werkstoff für Finger, Hände, Armgelenke, Ellbogen oder Unterarm, selbst wenn sie weich gepolstert sind.
- Gegenstände, die Schnittverletzungen oder Hautabschürfungen verursachen können.
- Kopfschmuck, Kopfbedeckungen und Schmuckgegenstände.
- Alle technischen Hilfsmittel, die von Spielern verwendet werden, müssen für Basketball geeignet sein. Alles, was dazu dient, die Körpergröße oder Reichweite der Spieler zu vergrößern oder irgendwie sonst einen unfairen Vorteil zu verschaffen, ist nicht erlaubt.

Erlaubt:

- Schutzgegenstände für Schultern, Oberarme, Ober- oder Unterschenkel, sofern das Material gepolstert ist, sodass es keine Gefahr für andere Spieler darstellt.
- Kniestützen, sofern sie gut abgedeckt sind.
- Schutzkappen für eine gebrochene Nase, selbst wenn sie aus einem harten Material bestehen.
- Brillen, sofern sie andere Spieler nicht gefährden.
- Kopfbänder, die maximal 5 cm breit sein dürfen und aus nicht-abschürfendem, einfarbigem Stoff, flexiblem Kunststoff oder Gummi bestehen.

Was kann passieren? Wie schütze ich mich?

Besonders die Finger- und Handgelenke sind bei vielen Spielzügen am meisten gefährdet, sei es bei der Ballannahme, bei der Ballführung, beim Wurf oder bei der Abwehr. Denn der Ball wird in Bruchteilen von Sekunden gefangen. Eine falsche Berechnung des Balls und schon kann der Finger verstaucht sein. Der relativ große, hart aufgepumpte Ball trifft mit erheblicher Wucht einen gespreizten, fang- oder abwehrbereiten Finger. Eine Verstauchung oder Prellung ist so schnell passiert. Also: Vor dem Ballkontakt immer volle Konzentration auf den geworfenen Ball. Wenn auch schmerzhaft, so sind die Fingerverletzungen nicht weiter schlimm, sie müssen aber in jedem Fall vom Arzt behandelt werden. Wenn ihr bereits einen *jammed finger* habt, ist die Therapie schwierig. Es könnte euch Monate aus dem Training werfen. Und: So manche Profikarriere erlitt durch eine derartige Verletzung schon einen argen Dämpfer. Daher: Verletzungen, auch wenn sie noch so gering scheinen, auf keinen Fall bagatellisieren!

Schnelle Passfolgen *(Give and Go)*, abrupte Körpertäuschungen, schnelle Antritte, Dribblings und Hochspringen bei Sprungwürfen und beim Rebounding beanspruchen besonders den Kapsel-Bandapparat, den Binnenraum und Streckapparat des Kniegelenks. Spezielle Kniegelenkstützen helfen dir, wenn schon mal ein Band locker ist. Richtiges Schuhwerk und Aufwärmtraining vor dem Spiel sind unerlässlich. Ohne richtiges Aufwärmen sollst du nie auf den Platz gehen.

Auch das Fußgelenk, besonders das obere Sprunggelenk, wird bei diesen Aktionen durch Absprung und Landung stark strapaziert. Jeder kennt die Angriffs- und Abwehrszenen unter dem Korb. Meist geht da ziemlich die Post ab. Deine Mitspieler werden auch kaum darauf achten, niemanden zu verletzen. *To make the basket* ist nun mal das vorrangige Element dieses Spiels, und je spektakulärer, umso besser. Die Spieler tummeln sich auf kleinstem Raum in Korbnähe. Gefährliche Situationen sind hier nicht die Ausnahme, sondern eher die Regel. Gegen den Grundgedanken des Spiels verstoßend wird in solchen Situationen oft gefoult, was für manch einen fatale Folgen haben kann. Auch das Fußgelenk kannst du durch spezielle Tapeverbände oder Innenschuhe, meist Spezialanfertigungen, schützen. Um einer Verletzung vorzubeugen soll-

test du dir aber auf jeden Fall einen richtigen Basketballschuh zulegen.
Dennoch: Trotz der zahlreichen möglichen Verletzungsarten ist Basketball ein relativ »harmloser« Sport. Schwere Verletzungen kommen, anders als etwa beim Fußball, so gut wie gar nicht vor.

Fit fürs Spiel

Egal ob Streetball oder Basketball. Egal ob *just for fun* oder wettkampfmäßig – gefragt sind neben Schnelligkeit und Sprungkraft auch Ausdauer und Konzentration.

Richtig aufwärmen

Training ist das Um und Auf jedes Ballspiels. Deshalb solltest du vor jedem Training und Spiel, auch wenn's nur im Hinterhof stattfindet, ein paar Minuten mit Aufwärmübungen verschwenden. Sport ist eine große Belastung für deinen Körper. Es ist also notwendig, deinen Körper – Muskel, Bänder, Sehnen und Kreislauf – auf die Belastung vorzubereiten. Denn so bist du gelenkiger, deine Muskeln sind warm und du kannst von der ersten Minute an volles Tempo gehen. Und zweitens schützt dich ein gutes Aufwärmtraining vor Verletzungen. Es ist wie bei der Formel 1. Ohne *Warm-up* bringt der Motor nicht die volle Leistung und ist anfällig auf Motorschäden.

Wichtig: Das Warm-up beginnt langsam und steigert sich erst gegen Schluss.
Begonnen wird mit mindestens fünf Minuten lockerem Laufen. Nicht zu schnell, eher gemütlich und dabei die Hände locker ausschütteln.
Danach kommt der Ball ins Spiel. Ein paar Minuten Dribbeln: von rechts nach links. Hinter dem Körper und allmählich mit ein paar einfachen Kunststücken. Zum Beispiel eine Acht durch die Beine. Wenn deine Arme richtig aufgewärmt sind und du schon ein bisschen Ballgefühl hast, beginn mit dem Dribbeln im lockeren Lauf.
Danach folgen einige Würfe ans Brett. Und wenn auch das klappt, wirf den Ball ans Brett, spring ihm nach und tipp ihn mit einer Hand wieder ans Brett. Du wirst merken: Nach ein paar dieser Sprungübungen fängst du bereits zu schwitzen an.
Zur ersten Entspannung solltest du ein paar Stretchingübungen machen.
Begonnen wird dabei mit dem Oberkörper. Kopfkreisen ist gut für die Nackenmuskulatur. Für die Schultergelenke ist diese Übung gedacht: Du hebst die Arme bis in Schulterhöhe an und lässt sie langsam in dieser Stellung rotieren.
Die seitliche Oberkörpermuskulatur wird am besten mit folgender Übung aufgewärmt: Beine gegrätscht und durchgestreckt. Jetzt beuge den Rumpf zur Seite – dabei langsam wippen. Am besten, du nimmst einen Arm über den Kopf, während der andere hinter dem Rücken in die Gegenrichtung zieht. Nach ein paar Übungen: Armwechsel.

Und auch die Rückenmuskulatur sollte aufgewärmt sein: Du grätschst die Beine leicht und gehst in die tiefe Hocke. Der Oberkörper rollt dabei nach vorne ab. Im Idealfall schaust du zwischen den Beinen durch. Beim Aufstehen den Oberkörper wieder langsam ausrollen.

Zur Dehnung der Brustmuskulatur: Halte dich an der Korbstange mit einer Hand fest. Drehe nun den gestreckten Körper von der Stange weg und drehe dabei auch den Kopf zur freien Schulter.
So – und jetzt das Wichtigste: die Beine.
Zunächst die Oberschenkel. Wieder Beine gegrätscht, diesmal aber durchgestreckt. Du beugst den Oberkörper nach vorne und hältst dich mit den Händen an den Beinen fest. Dann gehst du leicht in die Knie, umklammerst deine Waden und versuchst langsam die Knie wieder durchzustrecken.
Für die inneren Oberschenkel machst du erneut

eine große Grätsche. Jetzt lehnst du den Oberkörper nach einer Seite und gehst dabei mit diesem Bein in die Knie. Langsam wippen. Danach das andere Bein. Ebenfalls für die Beine zu empfehlen ist das Beinpendel. Du gehst wieder zur Korbstange und hältst dich an ihr fest. Ein Bein langsam und locker nach vor, seitlich und zurück schwingen. Dann Beinwechsel.
Und noch eine Übung für die Oberschenkel und wieder mit Stange: Halte dich mit einer Hand an der Stange fest. Mit der anderen greifst du nach deinem Fuß und ziehst das ganze Bein in Richtung Po. Mit abgewinkeltem Knie, versteht sich. Schon bald wirst du ein leichtes Ziehen im Oberschenkel verspüren. Dann wieder Beinwechsel.
Zu guter Letzt kommen auch noch die Waden dran. Wieder an der Stange, diesmal mit beiden Händen, festhalten. Ein Bein jetzt leicht beugen, das andere möglichst weit nach hinten durchstrecken. Leicht wippen. Der Winkel zwischen Fuß und Schienbein sollte immer kleiner werden. Danach der obligatorische Beinwechsel.
Wichtig bei den Dehnungsübungen: Verlasse dich bei den Übungen auf dein Gefühl. Geh an die Grenze, atme ruhig, entspanne die anderen Körpermuskeln und löse die Dehnung langsam auf.
So, und jetzt wird wieder mit dem Ball trainiert: Langsames Laufen und Passen ist nun angesagt. Danach noch ein paar Würfe auf den Korb. Zum Abschluss Sprungwürfe.
Und schon kann das Spiel beginnen.
Natürlich sind das nur ein paar wenige Beispie-

le fürs Aufwärmen. Es gibt noch zahlreiche andere Übungen.
Wichtig ist nur: Vergiss nie auf die Aufwärmübungen. Alle Übungen, die hier beschrieben werden, dauern ein paar Minuten – aber diese Zeit kann dich vor einer schmerzhaften Verletzung bewahren.

Für eine Topform muss man also einiges tun und manchmal auch auf einiges verzichten. Extreme körperliche Leistungen erfordern umfangreiches Training und eine angepasste Ernährung, die alle erforderlichen Nährstoffe möglichst optimal bereitstellen soll. Wir geben euch deshalb nicht nur Tipps, wie ihr richtig trainiert, sondern auch, welche Nahrungsmittel und Getränke euren Körper optimal aufs Spiel einstellen.

Ernährung

Eines gleich vorweg: Um eine optimale Leistung zu erbringen, müsst ihr euch auch optimal ernähren. Denn: Nur was ihr dem Körper gebt, könnt ihr im Spiel aus ihm rausholen. Ihr müsst aber nicht auf teure »Leistungsförderer« zurückgreifen. Wer sich vielseitig und ausgewogen ernährt, wird fürs Spiel in Topform sein.

Kohlenhydrate (Zucker und Ballaststoffe) spielen in der Ernährung jedes Sportlers eine entscheidende Rolle. Vor allem ballaststoffreiche Nahrungsmittel wie Müsli, Vollkornbrot, Nudeln, Reis, Gemüse, Obst stecken voller Energie. Eine besondere Bedeutung kommt dem Traubenzucker zu. Traubenzucker findest du im Supermarkt im Süßigkeitenregal. Er ist zwar billig und nicht ultracool verpackt, aber eine wirkungsvolle Energiespritze. Unmittelbar vor dem Spiel und auch zwischendurch ein Stück geben dir Power, verhindern, dass dir schwindlig wird oder gar schwarz vor den Augen.

Proteine (Milch, Fleisch, Wurst ...) bauen dein Muskelgewebe auf, die Erregbarkeit der Nervenzellen wird gesteigert und die Konzentrationsfähigkeit wird erhöht. Basketball zählt zwar zu den Ausdauersportarten und man braucht nicht ganz so viel Muskelsubstanz wie die Kraftsportler, aber: Eine ausreichende Proteinversorgung ist ein absolutes Muss. Kurz vor und unmittelbar nach einem Krafttraining wird Nahrungsprotein am besten in Muskelprotein umgebaut. Achtung: Proteinhaltige Nahrungsmittel, vor allem Fleisch und Wurst, sind meist auch sehr fett.

Fette spielen in der Ernährung des Sportlers ebenfalls eine wichtige Rolle, weil sie lebensnotwendige Fettsäuren und fettlösliche Vitamine enthalten. Fettes Essen vor einem Spiel wirkt jedoch wie eine Bremse. Ein Jump Shot wird dir kaum gelingen: der Klumpen im Magen wird dich am Boden halten. Daher: Chips, Pommes und Hamburger erst nach dem Spiel!

Durst löschen! Aber womit?

Viel trinken ist für jeden Sportler oberstes Gebot. Und gerade beim Basketball fließt der Schweiß in Strömen. Ein gefundenes Fressen für die Werbung. Es gibt fast keinen NBA-Star, der nicht bei einem Getränkehersteller einen Werbevertrag hat. Vergiss es »und hör auf deinen Körper ...«.

Beim Spielen schwitzt du und verlierst sehr viel Flüssigkeit: bis zu drei Liter in einer Stunde. Am besten bereits vor dem Spiel ausreichend trinken und in den Pausen immer wieder für Flüssigkeitsnachschub sorgen. Alle 15 bis 20 Minuten solltest du 6 bis 8 Schlucke trinken. Die Wasserabsorption findet im Dünndarm statt, das heißt, alles, was du trinkst, muss vom Magen zuerst in den Dünndarm und wird dann erst vom Körper aufgenommen. Ein Getränk kann daher nur wirksam sein, dir also die Stoffe geben, die du rausgeschwitzt hast, wenn es schnell vom Magen in den Darm weitergeleitet wird.

Hauptbestandteil des Schweißes ist Wasser. Dein Körper schützt sich so gegen Überhitzung. Außerdem werden deine Mineralstoffreserven geplündert. Das im Schweiß ausgeschiedene Wasser sowie die Mineralstoffe und Elektrolyte müssen ersetzt werden. Leitungswasser, Tee, Limonaden und Cola sind ungeeignete Getränke. Sie löschen nur kurzfristig den Durst. Hochkonzentrierte Traubenzuckerlösungen, proteinhaltige Getränke, Kaffee und alkoholische Getränke sind ebenfalls ungeeignet. Am ein-

	Kohlenhydrate	Natrium	Kalium	Kalzium	Magnesium	Kohlensäure	Vitamine	Osmolarität
	(g/l)	(mg/l)	(mg/l)	(mg/l)	(mg/l)			(mOsm/l)
Wasser	0	0	0	0	0	nein	keine	10–20
Mineralwasser	0	14	3	147	66	ja/nein	keine	10–30
Orangensaft	90	10	1570	110	120	nein	A, B_1, C	650
Eistee	100	40	280			ja/nein		500–600
Cola	109	40	10	40	10	ja	keine	>600
Bier	35	30	500	40	310	ja	B_2, Niacin	>400
Power Kid	145	0	0	600	0	ja	B-Komplex, C, E	650
1. Fighter	169	0	0	600	0	ja	keine	>600
Red Bull	113	0	0	0	0	ja	Niacin, B_6, B_{12}	>600
Gatorade	60	467	129	3	26	nein	keine	378
Isostar	65	465	169	33	29	nein	C	296
Hipp Sport Iso Drink	40	247	357	17	23	nein	C, B_1	341
Rauch Isotonic	73	540	299	36	11	nein	C, B_1, B_2, B_6	304
Punika Sport	62	253	410	51	27	nein	C, B_1, B_2	464
Rivella active	9,6	138	422	79	17	nein	C, B_2	157
Isotee	70	885	217	19	17	nein	C	333
Aquarius	63	267	26	8	2	nein	keine	388

Osmolarität	**max. 330**
Kohlenhydratgehalt	**60–80 g/l**
Natriumgehalt	**400–1100 mg/l**
Kaliumgehalt	**max. 225 mg/l**
Kalzium	**max. 225 mg/l**
Magnesium	**max. 100 mg/l**

fachsten und billigsten ist es, wenn du einen Fruchtsaft mit kohlensäurearmem Mineralwasser mischst. Fruchtsäfte pur zu trinken hat ebenfalls wenig Zweck. Durch zu viel Zucker im Getränk wird die Flüssigkeitsaufnahme verzögert. Das Getränk sollte außerdem nicht zu kalt sein. Optimal ist eine Trinktemperatur von ca. 25 Grad C. Oftmals werden Produkte wie isotonische Getränke oder Energydrinks als Leistungsförderer angeboten. Die wenigsten dieser ergogenen Hilfen sind wirksam, aber der Aberglaube in Sportlerkreisen ist groß und wird geschürt, nicht zuletzt damit die Kasse der Getränkehersteller stimmt. Im Supermarktregal findest du eine große Palette an Produkten. Da ist guter Rat teuer.
Die Produkte sind meist in Pulverform, also zum Lösen in Wasser, oder als trinkfertiges Getränk in der Dose zu kaufen. Eine Elektrolytsubstitution ist nur bei extremer Ausdauerbelastung erforderlich. Elektrolyte wie Chlorid, Kalium, Kalzium, Magnesium sind in den Isogetränken in zu hohen Dosen enthalten, als dass sie als Durstlöscher für den Freizeitsportler geeignet wären. Alkalisalze wie Natriumzitrat können auch ganz anders wirken als gewünscht: Magenkrämpfe, Durchfall, Muskelkrämpfe sind oft Folgen einer Überdosierung.
Daher: Isogetränke nur mit Wasser verdünnt trinken. So löschen sie den Durst und geben euch neue Energie.
Um das Ganze etwas verständlicher zu machen, haben wir uns einmal angeschaut, was in den verschiedenen Getränken so drinnen ist.

Wenn du die Werte aus der Tabelle nun mit den Idealwerten vergleichst, kannst du selbst beurteilen, ob dein Lieblingsgetränk auch der ideale Durstlöscher ist.

DAS SPIEL

Niemand hat behauptet, Basketballregeln wären einfach und simpel. Ganz im Gegenteil. Wenn du glaubst, endlich alles gecheckt zu haben, stößt du hundertprozentig auf eine neue Regel, auf ein neues Hindernis. Zusätzlich werden, wie bereits gesagt, von der FIBA alle vier Jahre Regeländerungen durchgeführt. Um das Regelwerk einfacher, durchschaubarer und klarer zu machen oder um allgemeine Verwirrung zu stiften, sei dahingestellt. Wie dem auch sei: Es gibt die »Offiziellen Basketballregeln« der FIBA. Dann gibt's da aber auch noch die *NBA Official Rules.* Wenn du beide Regelwerke genauer studierst, wirst du bemerken, dass es teilweise grundlegende Unterschiede gibt.
Basketball ist ein Sportspiel. Sport bedeutet Leistungsvergleich im geregelten Wettkampf. Spiel ist hingegen eine frei gewählte Tätigkeit mit selbstbestimmtem Spannungsverlauf. Im Sportspiel werden also die Merkmale der Wettkampfregelung und der von den Spielern bestimmte Spannungsverlauf vereinigt.

Der eigentliche Spielgedanke

Zwei Mannschaften zu je 5 Spielern versuchen den Ball in den gegnerischen Korb zu werfen und zu verhindern, dass dem Gegner Korbwürfe gelingen.
Basketball wird also von 2 Mannschaften zu je 5 Spielern und 5 Wechselspielern gespielt. Der Ball wird untereinander mit den Händen zugespielt. Ziel jeder Mannschaft ist es, unter Einhaltung der Spielregeln so oft wie möglich in den gegnerischen Korb zu werfen und den eigenen Korb vor Treffern zu schützen. Der Ball kann im Rahmen der Regelbestimmungen nach jeder Richtung zugespielt, geschlagen, gerollt oder gedribbelt werden.
Da Körperbeherrschung sowie technisches und taktisches Können im Basketball dominieren sollen, wird jede körperlich harte Spielweise bestraft. Sieger ist die Mannschaft, die am Ende der Spielzeit die meisten Korbpunkte erzielt hat.

Spielzeit

Das Spiel besteht entweder aus zwei Halbzeiten von je 20 Minuten oder vier Spielperioden (Vierteln) von je 12 Minuten mit einer Pause von je 2 Minuten zwischen der ersten und zweiten Spielperiode sowie zwischen der dritten und vierten Spielperiode. Die Halbzeitpause beträgt entweder 10 oder 15 Minuten.

Basketball kurz und bündig

Ohne vorerst genauer auf die Regeln einzugehen wollen wir eine Kurzbeschreibung des Basketballspiels geben. Im Grunde ist es eine Vor-

abinfo, genauere Spielregeln und Taktiken folgen in den nächsten Kapiteln. Bei diesem Probespiel bist du natürlich mit von der Partie.

Das Spiel wird durch den *Jump Ball* (Sprungball) im Mittelkreis des Spielfelds zwischen zwei gegnerischen Spielern eröffnet. Schnell, wie du bist, schnappst du dir den Ball, der vom Schiedsrichter hochgeworfen wurde, und versuchst ihn einem Mitspieler zuzutippen. Je nach Ballbesitz wechseln natürlich Angriffs- und Verteidigungsmaßnahmen der Mannschaften.

Die Dauer deines Angriffs ist aber nicht beliebig. Deine Mannschaft, die im Ballbesitz ist, muss innerhalb von 10 Sekunden den Ball aus dem Rück- ins Vorfeld bringen. Verschärft wird's noch dadurch, dass deine Mannschaft innerhalb von

30 Sekunden einen Korbversuch machen muss. Bei der NBA sind es nur 24 Sekunden; wenn du eng gedeckt bist, musst du innerhalb von 5 Sekunden den Ball spielen, das heißt werfen, passen oder dribbeln. Es scheint zwar auf den ersten Blick wieder mal ziemlich kompliziert und statisch, gerade durch diese zeitlichen Limits aber wird das Spiel ungeheuer schnell und dynamisch. Ständig wechseln so die Spielsituationen.

Du musst immer auf der Hut sein, immer am Sprung sein, darfst den Ball keine Sekunde aus

den Augen lassen, musst aber auch deinen Gegner genau beobachten und wissen, wie deine eigene Mannschaft steht.
Körbe, die aus dem normalen Spielgeschehen erzielt werden, zählen 2 Punkte. Dann gibt's da aber noch die 3-Punkte-Regel. Von außerhalb der 3-Punkte-Linie (6,25 Meter von der Korbmitte) zählt der Korb 3 Punkte. Körbe aus Freiwürfen zählen 1 Punkt. Dem Angreifer wird ein Freiwurf zugesprochen, wenn er beim Korbwurf gefoult wurde oder wenn eine Mannschaft eine bestimmte Foulzahl pro Halbzeit überschreitet. Bei der Foulzahl gibt es auch wieder Unterschiede zwischen der FIBA mit 7 Fouls und der NBA mit 6. Freiwürfe werden dann von der Freiwurflinie aus und ohne Behinderung durch Gegenspieler ausgeführt. So soll eine Korbchance, die durch ein Foul verhindert wurde, wieder hergestellt werden. Verstöße gegen die Foulregeln werden schriftlich festgehalten. Nach deinem 5. Foul scheidest du für die Dauer des laufenden Spiels aus. Bei grober Unsportlichkeit wirst du sofort disqualifiziert. Wenn du z. B. gegen Zeit-, Dribbel- oder Schrittregeln verstößt, muss deine Mannschaft den Ball an die gegnerische Mannschaft abgeben.

Ein weiterer wichtiger Unterschied zwischen den amerikanischen Regeln und dem europäischen Basketball besteht in der Defensive. In der NBA ist Raumdeckung verboten – nur Manndeckung ist erlaubt. In Europa darf auch die taktische Raumdeckung angewendet werden. Der Grund:

Die Amerikaner lieben das One-on-One-Spiel – es ist wesentlich körperbetonter, schneller und aggressiver. Außerdem kommen dadurch mehr 3-Punkte-Würfe zustande.

DIE TECHNIK

Einfach aufs Feld gehen und husch, husch ein paar Körbe machen wäre zwar nett, aber so läuft's beim Basketball nicht. Schnelligkeit und ständige Wechsel der Spielsituation fordern dir einiges an Kondition und Technik ab. Abwehr- und Angriffsaktionen wechseln ständig. Es nützt nichts: Wenn du im Spiel punkten willst, musst du zuerst einige grundlegende Techniken beherrschen. Außerdem solltest du die Regeln aus dem Effeff kennen, denn wenn du erst auf dem Feld lang überlegst, was zu tun ist, wie und ob das erlaubt ist, dann wirst du sicherlich nie derjenige sein, der punktet.
Schnelligkeit, Kondition, Technik und Kraft. – Wer Spaß am Spiel haben und gewinnen will, sollte auf alle Fälle trainieren.
Wichtig vor jedem Spiel ist das *Warm-up.* Durch Laufen, Gymnastik und Dehnungsübungen wirst du warm und lockerst deine Muskeln. Aufwärmen kann man sich auch mit dem Ball. Dribbling durch die Halle ist dafür besonders gut geeignet. Aber auch Passen, Fangen und Werfen sollten bei der Vorbereitung unmittelbar vor einem Spiel nicht zu kurz kommen.
Jede Halle ist etwas anders, die Lichtverhältnisse ändern sich. Deshalb ist es ein absolutes

Muss, sich vor dem Spiel an die »Umgebung«, an die Besonderheit der Halle zu gewöhnen. Der Trainer hat so auch noch eine letzte Gelegenheit, die Tagesverfassung seiner Spieler zu checken.

Grundstellung

Stell dich mal mit durchgestreckten Knien, aneinander gepressten Beinen und aufrechtem Oberkörper hin. Du wirst sehen, dass es in dieser Position schon schwierig ist das Gleichgewicht zu halten, geschweige denn schnell zu reagieren. Die Basketballgrundstellung ist gekennzeichnet durch Bewegungsbereitschaft und gutes Gleichgewicht. Sie sollte also folgendermaßen aussehen: Die Fußstellung ist parallel, die Füße stehen schulterbreit auseinander; dabei kann ein Fuß etwas vorgestellt werden. Knie und Oberkörper sind leicht gebeugt, die Arme locker abgewinkelt. Aus dieser Grundstellung kannst du alle Verteidigungs- und Angriffsaktionen starten. In diese Grundstellung kehrst du auch immer wieder zurück.

In der Basketballgrundstellung mit Ball wird der Ball mit beiden Händen gehalten. So kann er gut gegen Angriffe des Verteidigers abgesichert werden.

Fangen und Passen

Fangen und Passen sind grundlegende Techniken für das Zusammenspiel. Ohne sie wäre ein Mannschaftsspiel nicht möglich.

Halten des Balls

Das richtige Halten des Balls ist Voraussetzung für eine gute Fang- und Passtechnik. Der Basketball ist groß und relativ schwer. Du musst ihn also mit beiden Händen, aber nur mit den Fingern halten. Die Finger sind gespreizt und umfassen den Ball seitlich. Die Daumen liegen hinter dem Ball, in einem Winkel von 45 bis 90 Grad zueinander. Nur so kann er gesichert und bewegt werden, ohne dass du die Kontrolle verlierst. Das richtige Halten ist schließlich auch Voraussetzung für einen guten Pass oder einen Korbwurf. Beim Fangen streckst du aus der Grundstellung dem Ball beide Arme entgegen. Die Finger sind gespreizt, die Daumen zeigen zum Körper. So wird der Ball angenommen und herangezogen, um ihm die Wucht zu nehmen. Willst du den Ball dann weitergeben, also passen, kannst du das auf verschiedene Arten tun. Die einzelnen Passarten entsprechen den verschiedenen Spielsituatio-

nen. Der Ball kann überkopfhoch, schulterhoch oder indirekt über den Boden gepresst werden. Der Pass kann geradlinig oder bogenförmig erfolgen, er kann direkt auf den Partner, seitlich von ihm oder überhaupt in den freien Raum gespielt werden. Entscheidend ist zwar immer die Spielsituation, am gebräuchlichsten und sichersten ist aber der beidhändige Pass. Sowie du den Ball gefangen hast, wirfst oder stößt du ihn deinem Mitspieler zu. Wie bereits erwähnt, erfordern manche Situationen außergewöhnliche Spielzüge. So kannst du den Ball über dem Kopf halten und ihn dann aus dem Handgelenk der gestreckten Arme einem Teamkollegen zuspielen. Oder du gibst den Ball durch einen Bodenpass ab. Nach zwei Dritteln der Strecke sollte der Ball den Boden berühren und dann den Mitspieler in Hüfthöhe erreichen. Im Grunde genommen sind deiner Fantasie hier aber keine Grenzen gesetzt. Genau das ist es auch, was den Reiz des Spiels ausmacht. Je spektakulärer deine

Würfe sind, desto interessanter wird das Spiel, nicht nur für die Spieler, sondern auch für die Zuseher.

Schrittregel

Im Unterschied zum American Football darfst du beim Basketball nicht laufen und dabei den Ball in beiden Händen halten.
Nachdem du 2 Schritte mit dem Ball gelaufen bist, musst du entweder einen Korbversuch machen oder den Ball einem Mitspieler zupassen. Mit dem Ball laufen darfst du nur, wenn du dribbelst, das heißt den Ball mit einer Hand immer wieder auf den Boden prellst.
Die 2-Kontakt-Regel ist eine wichtige Beschränkung im Basketball. Wenn du den Ball im Laufen erhältst oder dribbelst, musst du mittels zwei Bodenkontakten – das heißt zweimaligem Aufsetzen eines Fußes – zum Stopp gelangen. Du hast nun zwei Möglichkeiten: Beim *Schrittstop* setzt du einen Fuß auf (= Kontakt 1) und den anderen davor (= Kontakt 2) und nimmst die Grundstellung ein. Die andere Möglichkeit wäre ein *Parallelstop.* Du landest auf beiden Beinen gleichzeitig. Der 1. und 2. Kontakt fallen dann zusammen. Um die Schrittregeln nun etwas zu entschärfen, wurde der *Sternschritt* eingeführt. Du darfst dich zwar trotzdem noch nicht von der Stelle bewegen, hast so aber die Möglichkeit, dich von deinem Gegner zu lösen. Im FIBA-Handbuch kannst du hierzu Folgendes nachlesen:

Ein Spieler, der einen belebten Ball hält, pivotiert, wenn er einmal oder mehrmals mit demselben Fuß in beliebiger Richtung Schritte macht, während der andere Fuß, genannt Standfuß (Pivot-Fuß), an seiner Berührungsstelle auf dem Boden bleibt.

Welcher Fuß ist jedoch dein Standfuß?

1. Wenn du den Ball fängst, während du mit beiden Füßen auf dem Boden bist, darfst du einen beliebigen Fuß als Standfuß (Pivot-Fuß) benutzen. Sobald ein Fuß angehoben wird, wird der andere automatisch zum Standfuß.
2. Nimmst du den Ball in der Bewegung oder beim Dribbling auf, darfst du stoppen und den Standfuß wie folgt festlegen:

Wenn beide Füße über dem Boden sind und der Spieler ...

... gleichzeitig mit beiden Füßen landet, ist der Standfuß beliebig. Sobald ein Fuß angehoben wird, wird der andere zum Standfuß.

... erst mit einem und dann mit dem anderen Fuß landet, ist der erste Fuß, der den Boden berührt, Standfuß.

... mit einem Fuß landet, darf der Spieler mit diesem Fuß abspringen und gleichzeitig mit beiden Füßen landen. In diesem Fall wird kein Fuß zum Standfuß.

Fortbewegung mit dem Ball

1. Nachdem du den Standfuß festgelegt hast, darfst du …

… den Standfuß bei einem Zuspiel oder Korbwurfversuch anheben, aber nicht wieder aufsetzen, bevor der Ball deine Hand oder Hände verlassen hat;

… den Standfuß bei Beginn eines Dribblings nicht anheben, bevor der Ball deine Hand beziehungsweise deine Hände verlassen hat.

2. Nachdem du zum Stopp gekommen bist und kein Fuß Standfuß ist, darfst du …

… einen Fuß oder beide Füße bei einem Zuspiel oder Korbwurfversuch anheben, aber nicht wieder aufsetzen, bevor der Ball deine Hand beziehungsweise deine Hände verlassen hat;

... keinen Fuß bei Beginn des Dribblings anheben, bevor der Ball deine Hand beziehungsweise deine Hände verlassen hat.

Der Sternschritt ist also eine gute Sache, um den Gegner zu täuschen und ihn durch eine Finte auszutricksen. Weiters kannst du so den Ball absichern.

Dribbling

Eine der wichtigsten Techniken, die du beim Spielen unbedingt beherrschen musst, ist das Dribbling. Neben Fangen und Passen muss auch das Dribbling für dich eine Leichtigkeit sein. Wie bereits erwähnt, darfst du mit dem Ball in der Hand nur 2 Schritte laufen. Um trotzdem von einem Ende des Spielfelds zum anderen zu gelangen, musst du

also
dribbeln.
Gedribbelt wird mit einer Hand. Mit den Fingern prellst du den Ball so fest auf den Boden, dass er in die ballführende Hand zurückspringt. Du kannst deinen Gegner ziemlich an der Nase herumführen, indem du den Ball von einer zur anderen Hand wechselst.
Man unterscheidet hohes und tiefes Dribbeln. Hoch dribbeln wirst du, wenn du schnell von Punkt A nach Punkt B kommen willst und nicht von einem gegnerischen Spieler bedrängt wirst.

Tiefes Dribbeln kommt bei enger Deckung durch einen Gegenspieler zur Anwendung, um den Ball zu sichern. Zusätzlich drehst du dabei deinen Körper zwischen den Gegner und den Ball. Dribbeln kannst du auch für dich alleine üben. Ziel ist es, dass du dribbelst ohne dabei ständig auf den Ball zu starren. Auf dem Spielfeld musst du nicht nur deine Gegner im Auge behalten, sondern auch wissen, wo deine eigenen Leute stehen. Das Dribbeln muss also wie von selbst gehen, so als ob der Ball ein Teil von dir wäre.
Ein Dribbling beginnt, wenn du, sobald du im Ballbesitz bist, den Ball wirfst, tippst oder ihn am Boden rollst und ihn wieder berührst, ehe ein anderer Spieler den Ball berührt.
Das Dribbling ist in dem Augenblick beendet, wenn du den Ball gleichzeitig mit beiden Händen berührst oder ihn in einer Hand oder in beiden Händen zur Ruhe kommen lässt.
Es besteht keine Begrenzung bezüglich der Anzahl der Schritte, die du machen darfst, wenn der Ball nicht in Kontakt mit deiner Hand ist.

Folgendes zählt nicht als Dribbling:
- Aufeinander folgende Würfe auf den Korb
- Zufälliger Verlust und Wiedererlangen der Ballkontrolle durch den Spieler *(Fuble)* zu Beginn oder am Ende eines Dribbling
- Versuche, die Kontrolle über den Ball zu erreichen, durch Wegtippen des Balls aus der Nähe anderer Spieler, die sich ebenfalls um Ballbesitz bemühen

- Wegtippen des Balls aus der Kontrolle eines anderen Spielers
- Blockieren eines Zuspiels und Wieder-Inbesitznahme des Balls
- Werfen des Balls von Hand zu Hand und den Ball dabei zur Ruhe kommen lassen, ehe der Ball den Boden berührt, vorausgesetzt, du begehst dabei keinen Schrittfehler

Nach Beendigung des ersten Dribblings darfst du kein zweites Mal dribbeln, es sei denn, du hast die Ballkontrolle verloren infolge

- eines Korbwurfs,
- Wegtippens des Balls durch einen Gegenspieler,
- eines Zuspiels oder Fumbles, wenn der Ball danach einen anderen Spieler berührt hat oder von diesem berührt worden ist.

Du darfst den Ball nicht gegen das Spielbrett werfen und ihn dann wieder berühren, bevor dieser von einem anderen Spieler berührt wird, es sei denn, der Schiedsrichter beurteilt diese Aktion als Korbwurf.

Foulregeln

Niemand kann im Basketball sagen, der Schiedsrichter hätte unfair entschieden. Die Foulregeln sind hier so klar und eindeutig definiert, dass es zu keinen Streitereien auf dem Spielfeld kommen sollte.

Ein Foul ist eine Regelverletzung, wenn damit persönlicher Kontakt mit einem Gegner oder unsportliches Verhalten verbunden ist. Wenn du spielst, ist es deine Pflicht, Kontakt zu vermeiden.

Kontakt

Obwohl Basketball theoretisch ein Spiel ohne Körperberührung sein sollte, ist es klar, dass persönlicher Kontakt nicht ganz vermieden werden kann. Immerhin bewegen sich 10 Spieler mit oft großer Geschwindigkeit auf relativ eng begrenztem Raum.

Rührt persönlicher Kontakt von einem gutgläubigen Versuch her, den Ball spielen zu wollen, und wird der Gegenspieler, an dem der Kontakt begangen wird, dadurch nicht benachteiligt, kann dieser Kontakt als zufällig angesehen werden und wird daher nicht bestraft. Wenn du also

auf dem Feld zufällig deinen Gegner stößt, er dadurch aber nicht weiter am Spiel gehindert wird, ist dies kein Foul. Hier liegt's natürlich am Schiedsrichter zu entscheiden.
Ein Kontakt von hinten ist keine normale Basketball-Aktion. Der hintere Spieler ist normalerweise für den Kontakt aufgrund seiner ungünstigen Position im Hinblick auf den Ball und seinen Gegenspieler verantwortlich.
Beim Kontakt mit einem Gegenspieler, ganz egal ob der Ball gerade gespielt wird oder nicht, begehst du ein persönliches Foul.
Absolut verboten: blockieren, halten, stoßen, rempeln, Bein stellen, die Fortbewegung eines Gegenspielers durch Ausstrecken von Arm, Schulter, Hüfte, Knie oder Fuß oder durch Beugen seines Körpers in eine andere als normale Haltung behindern oder sonstige rohe Spielweisen anwenden.
Verstöße gegen die Foulregeln werden schriftlich festgehalten. Nach dem fünften Foul, in der NBA nach dem sechsten, musst du das Feld verlassen und bist für diese Partie ausgeschlossen. Bei grob unsportlichem Verhalten und nach zwei technischen Fouls wirst du ebenfalls von der Partie ausgeschlossen.
Wird ein Spieler gefoult, der in Korbwurfaktion ist, und wird ein Korb erzielt, zählt der Korb und ein Freiwurf wird zuerkannt.
Ist der Korbwurf für 2 Punkte erfolglos, werden zwei Freiwürfe zuerkannt.
Ist der Korbwurf für 3 Punkte erfolglos, werden drei Freiwürfe zuerkannt.

Wird nicht beim Wurfversuch gefoult, dann kriegt die gefoulte Mannschaft einen Einwurf. Hat eine Mannschaft das Foulkontingent einer Halbzeit, derzeit 7 Fouls (in der NBA 4 pro Quarter), überschritten, gibt es bei jedem weiteren Foul einen Freiwurf plus einen Bonuswurf.
Auf dem Feld geht's jedoch trotzdem heiß her. Je höher die Spielklasse, desto härter wird gespielt und desto mehr wird Sperren, Rempeln und Stoßen vom Trainer und vom Publikum gefordert. Der Schiedsrichter übersieht da schon mal was.

Grundtechnik Verteidigung

Die meisten Spieler bevorzugen das Angriffsspiel. Ohne eine hundertprozentig dichte Verteidigung ist der feinste Angriff jedoch absolut nichts wert. Die Aufgaben eines Verteidigers sind sehr schwer zu lösen. Du musst immer auf der Hut sein, konzentriert sein, alles genau beobachten und den nächsten Schritt deines Gegners erahnen. Blitzschnell musst du auf die gesetzten Aktionen reagieren. Du hast wieder mal keine Zeit nachzudenken, welches wohl in dieser Situation die beste Lösung wäre. Du hast jedoch eine Chance. Setz deinen Gegner unter Druck, mach ihn nervös.
Ziel der Verteidigung ist es, gegnerische Körbe zu verhindern. Dabei wird sich die Verteidigung nicht darauf beschränken, den Gegner bei der Ausführung des Korbwurfs zu hindern. Erfahrungsgemäß ist in dieser Phase die Gefahr zu

groß. Als Verteidiger muss man also darauf achten, dass es gar nicht erst zu einer Korbwurfsituation kommt, das heißt, man wird die Verteidigung vorverlagern. Es ergeben sich so für den Verteidiger verschiedene Aufgaben, die je nach Deckungsform variieren können.

Ziel der Verteidigung ist es,

- einen Korbwurf des Gegners zu verhindern oder ihn hinreichend beim Wurf zu stören, aber nicht zu foulen;
- einen Durchbruch zum Korb mit oder ohne Ball zu verhindern;
- dem Dribbler den Ball wegzuspielen, ihn zur Seite abzudrängen oder zum Stoppen zu zwingen;
- einem Ballbesitzer den Ball wegzuschlagen;
- ein Zuspiel, insbesondere in Korbnähe, zu verhindern oder zu stören und Pässe abzufangen;
- nach einem verfehlten Korbwurf den abprallenden Ball zu erkämpfen (defensiver Rebound).

Fast jeder von uns hat eine Schokoladenseite. Das gilt auch im Basketball. Rechtshänder dribbeln oft schlecht mit der linken Hand. Dieses Problemchen kannst du nutzen: Du stellst dich von vornherein so, dass du dem Dribbler die

gute Seite versperrst. Diesen Spielzug nennt man Overplay. Dein Gegner muss das Dribbling beenden oder mit seiner schwachen Hand weiterdribbeln. Das ist natürlich deine große Chance ihn auszutricksen und ihm den Ball abzunehmen.
Während bei anderen Kampfspielen wie Fußball und Handball der körperliche Einsatz stärker ausgeprägt ist, bestimmen beim Basketball die strengen Foulregeln die Verteidigungstechnik und die individuelle Verteidigungstaktik. Basketball ist jedoch kein körperloses Spiel. Es ist voller Power und Dynamik. Fairness ist absolute Pflicht. Als Verteidiger darfst du deinen Angriff nur auf den Ball und nicht auf den Gegner richten. Verteidigungsverhalten und Verteidigungsstellung müssen stets diesem Grundsatz entsprechen. Du musst also versuchen, durch geschickte Verteidigungsstellungen den Gegner nicht zum Korb durchkommen zu lassen. Die Verteidigungstechnik wird aber auch durch die schnell wechselnden Situationen bestimmt, denen sich der Verteidiger immer wieder gegenübersieht. Plötzlicher Antritt, Richtungswechsel mit und ohne Ball, Korbwurfbedrohung durch Gegner stellen den Verteidiger immer wieder vor neue Probleme.

Verteidigungsstellung

Die Verteidigungsstellung ist ähnlich der Grundstellung. Jetzt sind die Knie aber etwas stärker

gebeugt. Kopf hoch und Hintern tief. So kannst du jederzeit schnell die Richtung ändern und dich dem Angreifer entgegenstellen. Wenn du den Ballbesitzer angreifen willst, hältst du die Arme in Hüfthöhe. Wie man zum Beispiel gegen einen Spieler verteidigt, der den Ball hat und werfen will, hängt von vielen Faktoren ab. Am wichtigsten sind aber die Entfernung des Ballbesitzers zum Korb und ob der Ballbesitzer schon gedribbelt hat. Wenn er zu weit weg ist, wird er kaum in den Korb treffen. Hat der Werfer noch nicht gedribbelt, solltest du dich in einiger Entfernung von ihm halten. Er umspielt dich sonst. Auch wenn du zu spät bist und den Ball nicht mehr ablenken kannst: Stören sollst du auf jeden Fall.
Prinzipiell unterscheidet man beim Basketball drei Verteidigungsarten: Manndeckung, Raumdeckung und die kombinierte Abwehr. Je nach Spielsituation musst du dich dann blitzschnell für die richtige Verteidigungsart entscheiden.

Man to man defense

Als Abwehrspieler hast du einen direkten Gegenspieler. Du stehst im Normalfall zwischen deinem Gegenspieler und dem Korb. Verteidigt wird auf dem ganzen Feld und nicht nur in einem bestimmten Spielfeldbereich. Außerdem hast du die Möglichkeit, deinen Gegenspieler sehr eng zu decken oder auch schon mal etwas lockerer zu lassen. Am wirkungsvollsten, aber auch am anstrengendsten ist die *enge Manndeckung,* durch die der Spielaufbau gestört werden soll. Dann gibt's da noch die Variante der *sinkenden Manndeckung,* eine Kombination der engen und lockeren Man to man defense. Hier wirst du deinen Gegenspieler eng decken, wenn die Angreifer in korbgefährliche Positionen gelangt sind. In so einer Situation muss deine ganze Mannschaft vollen Einsatz zeigen, da nicht nur die Passwege, sondern auch die Wege der Angreifer zum Korb verstellt werden müssen.

Press-Verteidigung

Du deckst deinen Gegenspieler noch enger und noch aggressiver, indem du dich zwischen ihn und den Ball drängst. Es wird hier versucht, den ballführenden Spieler zu doppeln, das heißt, zwei Abwehrspieler verteidigen ihn so eng, dass er zu überschnellen und unkontrollierten Aktionen gezwungen wird.
Da die Zonendeckung in der NBA nicht erlaubt ist, ist die Manndeckung umso wichtiger. Den Spielzug des *trap* – des Doppelns – kann man bei den NBA-Spielern daher gut beobachten. Die Gefahr dabei ist jedoch, dass ein guter Spieler sich aus dieser Situation befreien und mit einem Pass den gleichzeitig frei gewordenen Mitspieler bestens in Szene setzen kann.
Dann gibt's da noch die Raumpresse. Konzentriere dich auf ein Areal im Vorfeld und versuche den ballführenden Spieler zu doppeln. Eine wei-

tere Möglichkeit wäre noch, den Spielfluss durch Raumdeckung zu stören.

Zone defense

Im Gegensatz zur Manndeckung ist bei der Zone defense jeder Spieler für einen bestimmten Raum, eine Zone, zuständig. Du konzentrierst dich jetzt nicht primär auf den Gegenspieler, sondern auf den Ball.

Kombinierte Verteidigung

Einige Verteidiger spielen in der Zone, die restliche Mannschaft deckt man to man. Am gebräuchlichsten ist dies, wenn der Angreifer über einen besonders starken Scorer verfügt. Als Abwehrspezialist wirst du diesen Spieler direkt decken, während die restlichen vier Verteidiger weiter ihre Zonen decken.

Grundtechnik Angriff

Oberstes Ziel eines jeden Angriffs ist es logischerweise zu punkten. Wie der Verteidiger muss aber auch der Angreifer bestimmte Verhaltensweisen lernen. Auf eine Aktion des Verteidigers musst du als Angreifer sofort, mit einer geeigneten Reaktion antworten können. Oft musst du dich blitzschnell für einen Korbwurf, den Durchbruch zum Korb oder einen Pass entscheiden. Du hast keine Zeit lange nachzudenken, der Verteidiger ist dir auf den Fersen und will den Ball.

Aufgaben des Angreifers
- Durchbruch zum Korb aus dem Dribbeln
- Einzelangriff, d. h. Durchbruch zum Korb aus dem Ballhalten
- Bedrohung des gegnerischen Korbs durch Distanzwürfe
- Aggressives Freilaufen zum Korb (Schneiden)
- Freilaufen zur Ballannahme ohne Korbbedrohung (defensives Freilaufen)
- Erkämpfen des Offensivrebounds
- Pass-Ballsicherung

Du musst als Angreifer also mit allen Wassern gewaschen sein und einige Finten beherrschen um den Gegner auszutricksen.

Wurfarten

Ziel beim Basketball ist es Körbe zu machen. Je spektakulärer und fantasievoller, desto besser. Insgesamt bewegen sich 10 Spieler auf dem Feld. Jedem der Spieler kommt grundsätzlich eine bestimmte Aufgabe zu. Gemeinsame Aufgabe ist das Versenken des Balls im Korb. In jedem Fall aber musst du selbst entscheiden, ob es sinnvoll ist einen Korbwurf zu versuchen oder nicht. Es ist aber auch nicht sinnvoll jeden Wurf zu nehmen. Leichtfertige Würfe sind ebenso falsch wie unterlassene. Ein Spieler, der z. B. nie wirft, ist ein Segen für die gegnerische Verteidigung. Die kann sich dann nämlich verstärkt den restlichen 4 Spielern deiner Mannschaft widmen. Wie auf den Korb geworfen wird, hängt von der Situation, dem Können des Spielers, der Körpergröße, dem persönlichen Stil usw. ab. Wie bereits gesagt, sind deiner Kreativität keine Grenzen gesetzt. Im Laufe der Basketballgeschichte haben sich die unterschiedlichsten und skurrilsten Wurfarten entwickelt.

Korbleger

Der Korbleger (Layup) ist der typische Wurf aus kurzer Distanz zum Korb. Der Ball wird vom Spieler entweder aus vollem Lauf heraus in den Korb gelegt. Er kann aber auch leicht gegen das Brett gespielt werden, damit er hineinfällt. Wichtig ist hier vor allem die 2-Kontakt-Regel. Du darfst nur zwei Schritte mit dem Ball in der Hand machen. Du springst mit einem Bein ab und am höchsten Punkt dieser Bewegung legst du den Ball in den Korb. Sprungkraft und Größe sind hier also die ent-

scheidenden Faktoren. Eine andere Möglichkeit wäre, den Ball ans Brett zu spielen. Von dort sollte er dann in den Korb fallen. Wegen der geringen Korbentfernung ist diese Wurfart Erfolg versprechender als andere Wurfarten. Es gibt zwei Grundsituationen, aus denen ein Korbleger geworfen wird. Der Korbleger aus dem Durchziehen und der Korbleger aus dem Lauf nach Zuspiel.

Korbleger aus dem Durchziehen: Wichtig ist dabei die Schrittfolge. Beim Korbleger für die rechte Hand ist die Schrittfolge links – rechts – links und funktioniert folgendermaßen. Mit dem ersten Schritt (linkes Bein) wird der Ball auf den Boden geprellt. Beim zweiten Schritt (rechtes Bein) wird der Ball im Sprung mit beiden Händen wieder aufgenommen. Der dritte Schritt (linkes Bein) dient zum Absprung. Dabei wird der Ball nach oben geführt. Wenn du Rechtshänder bist, solltest du also mit dem linken Bein abspringen – den Ball mit beiden Händen nach oben führen – und mit der rechten Hand werfen. Bei Linkshändern ist es genau umgekehrt. Der Korbleger ist entweder ein Druckwurf (Wurfhand liegt hinter dem Ball, Finger zeigen nach oben) oder ein Unterhandwurf (Wurfhand liegt unter dem Ball, Finger zeigen zum Korb). Die richtige Schrittfolge muss dir in Fleisch und Blut übergehen. Wenn du erst überlegen musst, welches Bein das richtige ist, hast du schon verloren. Übung ist hier alles.

Beim *Korbleger aus dem Lauf* erhält ein Spieler, der zum Korb läuft, den Ball zugespielt. Du fängst den zugespielten Ball im Sprung und landest auf dem rechten Bein. Mit dem linken Bein (2. Bodenkontakt) springst du dann ab und versenkst den Ball.

Achtung:

- 2-Kontakt-Regel beachten.
- Ball im Sprung mit beiden Händen nach oben führen. So rutscht er nicht weg.
- Ball nicht zu hart ans Brett oder in den Korb spielen; er könnte vom Brett oder von der Innenseite des Korbringes abprallen.

Hakenwurf (Hook Shot)

Eine Variante des Korblegers ist der Hakenwurf. Zugegebenermaßen allerdings eine schwierige

Variante. Er wird meist vom Center praktiziert, der den Ball, mit dem Rücken zum Korb stehend, zugespielt bekommen hat. Während du also noch den Ball sicherst, leitest du eine Drehbewegung zum Korb ein und setzt zum Sprung an. Wird der Hook richtig ausgeführt, ist er schwer abzuwehren, weil der Werfer seinen Körper zwischen Ball und Verteidiger hat. Der Rechtshänder leitet den Wurf mit einem Schritt des linken Beins ein. Der Linkshänder mit dem rechten Bein. Dabei wird der Fuß so aufgesetzt, dass er schon in Richtung Korb bzw. Korbauslinie zeigt. So wird die Drehung zum Korb erleichtert; du führst den Ball mit beiden Händen seitlich nach oben. Die linke Schulter (beim Linkshänder die rechte) zeigt zum Korb. Die Führungshand wird dann vom Ball gelöst, wenn die Wurfhand unter dem Ball ist. Du wirfst dann den Ball im Bogen über den Kopf auf den Korb. Beim Abwurf ist die Wurfhand hinter dem Ball. Abgeworfen wird aber erst, wenn der Wurfarm fast senkrecht nach oben zeigt.

Dunking

Eine spektakuläre Variation des Korblegers ist das Dunking, das in den letzten Jahren viel zur Popularität des Basketballs beigetragen hat. Besonders bei den Spielen der NBA bekommt das Publikum Dunkings gezeigt, dass ihre Begeisterung kaum noch zu bremsen ist. Die Trefferquote bei diesem Wurf ist extrem hoch, die

Wirkung auf die Fans enorm. Gerade bei den Dunkings scheint dem Einfallsreichtum der Spieler keine Grenzen gesetzt. Ohne Brettberührung stopft der Spieler den Ball direkt in den Korb. Der Kraftaufwand ist dabei enorm. Der Ball wird mit einer Hand oder beidhändig mit kräftigem Handgelenkeinsatz von oben in den Korb gestopft.

Besonders fein ist ein *Reverse Dunk*. Gleichzeitig mit dem Jump änderst du radikal die Richtung. Wichtig ist aber, dass du gerade hochspringst, denn jeder Zentimeter, den du nach vorne fliegst, musst du durch Sprunghöhe ausgleichen. Je mehr du dich nämlich vom Korb entfernst, desto weiter musst du zum Stopfen nach hinten greifen. Am höchsten Punkt des Fluges wird der Ball in den Korb gestopft. Die Schubkraft kommt zwar aus den Beinen, wichtig ist aber das Timing. Schon die kleinste Konzentrationsschwäche – und der Slam geht in die Hose. Der Bewegungsablauf muss wie geschmiert gehen, denn du hast keine Möglichkeiten, im Flug noch etwas zu korrigieren.

Üben kannst du das Dunking, indem du ohne zu dribbeln anläufst und dann kräftig mit einem Bein abspringst. Wichtig ist, dass du den Ball schnell mit beiden Händen nach oben führst und ihn dann mit einer Hand oder beidhändig von oben in den Korb drückst. Wenn du das beherrschst, kannst du's auch mit Anlauf probieren.

Wenn's dir gelingt einen hohen Pass über Korbniveau anzunehmen und ihn sofort einzudunken, werden sich sowohl deine Mannschaft als auch deine Gegner vor dir niederknien. Beim Dunking ist Größe zwar von Vorteil, du kannst aber auch mit enormer Sprungkraft und Timing arbeiten. Spud Webb, 1,70 Meter groß, gewann 1986 den Dunking-Contest beim All-Star-Weekend. Wenn du also deine Sprungkraft verbessern willst, ist das beste Mittel Jumpen, Jumpen, Jumpen – immer und überall. Vergiss aber nicht, dass du dich vorm Springen richtig aufwärmen und deine Bänder und Muskeln dehnen musst.

Standwurf – Set Shot

Der Standwurf wird heute fast nur noch bei Freiwürfen angewendet. Der Wurf wird mit einer Hand oder beidhändig aus dem Stand ausgeführt. In der Grundstellung setzt du das Bein auf der Seite deiner Wurfhand etwas nach vor und gehst in die Knie. Den Ball hältst du in Brusthöhe nahe dem Körper. Dann führst du den Ball mit beiden Händen über Kopfhöhe. Die Beine werden beim Hochführen des Balls gestreckt. Die Wurfhand greift zunächst hinter, dann unter den Ball, wobei das Handgelenk abgeknickt wird. Der Ellbogen zeigt auf den Korb und die andere Hand sichert den Ball seitlich. Ist der Ball über Kopfhöhe, löst du die Führungshand vom Ball und drückst den Ball mit der Wurfhand in Richtung Korb.

Achtung:

- Die Bewegung soll direkt nach oben führen, der Arm sollte ganz ausgestreckt sein und die Handfläche nach dem Wurf nach unten zeigen.
- Der Ellbogen der Wurfhand bleibt vor dem Körper und weicht nur geringfügig zur Seite ab.
- Aushol- und Wurfbewegung durch ein kräftiges Strecken der Beine unterstützen.

Sprungwurf – Jump Shot

Der Jump Shot ist der Wurf der Wahl, wenn der Weg zum Korb versperrt ist oder ein Verteidiger so vor dir steht, dass du besser über ihn wirfst. Durch die größere Abwurfhöhe ist er schwieriger abzuwehren als der Standwurf, von dem er sich ableitet. Der Wurf wird meist mit einer Hand nach beidbeinigem Absprung im Sprung ausgeführt. Die Bewegung ist der beim Standwurf ähnlich.

Du setzt jetzt jedoch die Aufwärtsbewegung in einem Sprung, der allerdings nicht zu hoch sein sollte, fort. Auf dem höchsten Punkt der Körperstreckung wird der Ball auf den Korb geworfen. Grundsätzlich spielst du den Sprungwurf wenn du den Ball im Stand von einem Mitspieler erhältst oder wenn du aus dem Dribbling oder dem Lauf abstoppst.

Und so wird's gemacht:
Beim Sprungwurf aus dem Stand gehst du wieder in Grundstellung. Der Rechtshänder kann das rechte Bein etwas voranstellen, der Linkshänder das linke. Vor dem Absprung hältst du den Ball in Brusthöhe nahe dem Körper. Aus dieser Stellung gehst du noch etwas tiefer in die Knie und springst durch Strecken der Knie ab. Direkt nach dem Absprung bringst du den Ball mit beiden Händen über den Kopf. Die Wurfhand ist erst hinter, dann unter dem Ball. Im höchsten Punkt des Sprungs wirfst du den Ball auf den Korb. Du landest mit beiden Beinen gleichzeitig, etwa an der Absprungstelle.

Achtung:
- Nicht nach vorne springen! Du könntest auf den Verteidiger springen und ein Stürmerfoul begehen. Vor allem kannst du aber dich und deinen Gegner verletzen.
- Springe beidbeinig ab.
- Wenn du in die Knie gehst, um Schwung für den Sprung zu holen, nimm den Ball nicht mit runter.
- Den Ball beim Hochführen nicht hinter den Kopf bringen. Du triffst besser, wenn das Handgelenk vor dem Wurf nicht zu weit abgebogen wird.
- Wirf im höchsten Punkt des Sprungs.
- Versuche stabil zu landen.

Beim Sprungwurf aus dem Dribbling oder dem Lauf gibt es folgende Schwierigkeit. Du musst das Abstoppen aus der Vorwärtsbewegung mit dem Sprung nach oben und dem Wurf koordinieren.
Du stoppst aus dem Dribbling ab, indem du den vorderen Fuß fest aufsetzt. Beim Rechtshänder ist dies der linke Fuß! Den hinteren Fuß stellst du daneben. Wenn der vordere Fuß aufgesetzt ist, nimmst du den Ball in beide Hände. Nach dem Abstoppen führst du die Wurfbewegung so aus wie beim Sprungwurf aus dem Stand. Das Tiefgehen als Ausholbewegung fällt hier jedoch weg, weil du beim Abstoppen schon in die Knie gehen musst.
Der Sprungwurf ist ein entscheidender Wurf im Spiel. Die Bewegung sollte daher automatisiert werden. Am besten, du übst mit einem Freund, der dir den Ball nach dem Wurf wieder zupasst. Wichtig ist es, dass ihr auch ständig die Positionen wechselt.
Stößt du im Spiel auf einen gegnerischen Verteidiger, kannst du eine Variante des Sprungwurfs, den *Fade Away,* spielen. Dabei springst du etwas nach hinten, vom Verteidiger weg. So wird der Abstand zum Verteidiger größer und die Wurfhand hat mehr Spielraum. Du kannst dich dabei auch um 360 Grad, um die Körperlängsachse, drehen. Dazu musst du allerdings kräftig abspringen und die Bewegung sehr schnell ausführen.

Rebound

Dennis Rodman hat sich vorgenommen in die *Hall of Fame,* die Basketball-Ruhmeshalle, zu kommen – als der beste Rebounder. Er hat sich diesen einen Aspekt des Spiels herausgegriffen und ihn in eine Kunstform verwandelt. Rebounds holen ist Knochenarbeit und nicht sonderlich beliebt unter den Spielern. Indem Rodman das Brett kontrolliert, kontrolliert er das ganze Spiel. Beim Basketball wird das Spiel ja nach einem Fehlwurf nicht unterbrochen. Der Ballbesitz wechselt nicht automatisch. Entscheidend ist also, wer den Ball erobert, nachdem er vom Brett abgeprallt ist. Diese Aktion nennt man *Rebound.* Selbst ein ausgezeichneter Spieler trifft nicht mit jedem Wurf in den Korb. Profis der NBA haben im Spiel eine Trefferquote von ungefähr 60 %. Wer viele Rebounds erzielt, kann entweder den Gegner erfolgreich von Korbversuchen abhalten oder der eigenen Mannschaft Vorteile im Angriff verschaffen.
Gute Sprungkraft allein reicht jedoch nicht aus. Es kommt auch darauf an, eine günstige Position für den Sprung nach dem Ball einzunehmen. Gute Beinarbeit und ein gutes Stellungsspiel ersetzen oft fehlende Zentimeter an Körpergröße.

Zwei Dinge sind beim *Defensiv-Rebound* wichtig:
- das Herausblocken des Gegenspielers, wenn man schon näher als dieser zum Korb steht, und

- das Erreichen einer guten Ausgangsstellung für das Springen nach dem abprallenden Ball.

Du versuchst den Ball mit beiden Händen zu fangen. Dann führst du ihn schnell an den Körper, um ihn vor dem Gegner zu sichern.
Und so könnte es gehen: Wenn du die Innenposition hast, nimmst du die Grundstellung ein. Füße schulterbreit auseinander, Knie leicht gebeugt und Hände etwa in Brusthöhe. Du solltest ein großes Hindernis für den Angreifer darstellen. Du nimmst deinen Gegner auf den Rücken, das heißt, du stehst wie eine Mauer vor ihm. Aus der Grundstellung springst du beidbeinig ab, fasst den Ball mit beiden Händen in der Luft und reißt ihn schnell herunter. Der Ball geht nach der Landung leicht verloren. Achte daher nach der Landung auf das Sichern des Balls vor der Brust. Wenn du den Ball nur mit einer Hand erwischst, nimm die andere so schnell wie möglich dazu, damit der Ball nicht wegrutscht. Mit einem Sternschritt weg vom Korb leitest du den Pass zum Mitspieler ein.
Beim Abprallen am gegnerischen Korb, das heißt nach einem Fehlwurf der eigenen Mannschaft, fällt das Blocken meist weg. Beim *Angriffsrebound* ist es wichtig, möglichst schnell in die Innenposition (vor den Verteidiger) zu kommen. Ziel der großen Spieler ist es, den Ball zu sichern oder ihn in einer Hand in Richtung eines Mitspielers zu lenken. Beim Offensiv-Rebound hast du dann noch die Möglichkeit, den Ball durch einen *Tip-in* sofort in den Korb zu ver-

frachten. So kannst du den Angriff erfolgreich beenden.

Achtung

- Um und Auf ist die Innenposition. Du musst diese Innenposition erkämpfen und auch behalten!
- Als Verteidiger musst du Körperkontakt aufnehmen.
- Als Verteidiger musst du nach dem Rebound schnell passen!
- Als Angreifer solltest du nach dem Rebound erneut werfen!

DIE NBA-SAISON 1997/98

Was diese Saison für die Fans brachte, übertraf alles, was Basketball bisher zu bieten hatte. Rekorde, wohin man auch blickte. Und natürlich Superstars in Topform. Was Michael Jordan und seine Chicago Bulls da im Finale zeigten, war Basketball vom Feinsten: Kein Spiel, in dem sich Reporterstimmen nicht vor Begeisterung überschlugen. Kein Spiel, in dem nicht Rekorde gebrochen wurden, von der Zuschauerzahl bis zu den Wurfquoten. Dass dann auch noch seine Majestät (Jordan) selbst in den letzten Sekunden des sechsten Spiels das Match im Alleingang umdrehte, war »das Tüpfelchen« auf dem i.
Dabei hatte es zu Beginn der Saison so ausgesehen, als würden die Stars der Chicago Bulls nicht so einfach wie in den vergangenen Jahren in das NBA-Finale marschieren. Und im Semifinale, das die Jordan-Truppe gegen die Indiana Pacers erst im siebten Spiel für sich entscheiden konnte, musste sich Michael Jordan mehrmals vor laufender Kamera bei den Fans für die miserable Vorstellung seines Teams entschuldigen.
Sicher ist aber auch, dass die Gegner in dieser Saison um einiges mehr drauf hatten als noch in den letzten Jahren. Das waren die Seattle Super Sonics rund um Detlef Schrempf, die hervorra-

gende Spiele zeigten und wie so oft an ihren Nerven und den glänzend eingestellten L. A. Lakers scheiterten. Die Lakers waren übrigens eine der Überraschungsmannschaften der Saison. Das Sensationsteam schlechthin waren aber die Indiana Pacers. Mit Leichtigkeit spielten sich die No-Names rund um Reggie Miller ins Semifinale der NBA und brachten dort den Goliath Chicago Bulls an den Rand des Aus. Erst im letzten, siebten Spiel setzten sich die Bulls knapp durch.
Im Westen hingegen hatten die Utah Jazz leichtes Spiel. Im Semifinale knockten sie die konfus spielenden L. A. Lakers ohne Mühe in vier Spielen aus. Der »Mailman« Karl Malone (»The Mailman never fails to deliver«) und der kleine John Stockton machten das Spiel für Jazz. Und alle Fans waren gespannt, ob sie auch die Superstars Scottie Pippen, Michael Jordan und »Crazy Guy« Dennis Rodman an die Wand spielen würden …

Game 1

Es begann mit einer kleinen Sensation. Nach zehn Tagen Pause – und trotz eines etwas »eingerosteten« Karl Malone – siegten die Utah Jazz daheim mit 88 : 85. Mann des Tages war der »kleine« John Stockton. In den entscheidenden Phasen des Spiels machte er die Punkte. Stockton, der in den Play-off-Spielen durchschnittlich 11 Punkte pro Spiel machte, beendete das Spiel mit 28 Treffern – wobei er die entscheidenden letzten sieben Punkte für die Utah Jazz im Alleingang scorte. Da nützten auch die 33 Punkte von Michael Jordan nichts. Stockton, sonst der geniale Passgeber für Karl Malone, dirigierte das Spiel der Jazz und machte die Punkte. Malone war an diesem Tag in die Statistenrolle gedrängt.

Allein die ersten vier Würfe Malones im dritten Quarter gingen daneben. »Ich habe den Ball eigentlich im ganzen Spiel nie wirklich richtig geworfen – aber meine Kameraden waren umso stärker«, sagte Malone nach dem Spiel und prophezeite ein noch besseres Spiel …

Game 2

Malones Ankündigung, sich in diesem Spiel rehabilitieren zu wollen, gelang nicht. Im Gegenteil. Es war eine Schlacht der Fehlwürfe der beiden Superstars Malone und Jordan, die den Zuschauern in Chicago geboten wurde. Malone gewann diesen »Bewerb« und so gewann Chicago ohne zu glänzen 93:88. Jordan scorte zwar 37 Punkte, allerdings benötigte er nicht weniger als 33 Versuche dafür. Keine Heldentat für den besten Mann der Liga. »Ich muss zugeben, dass ich heute einige ganz leichte Bälle einfach verworfen habe«, gab sich Jordan nach dem Spiel zerknirscht. Noch ärmer dran war sein Gegenspieler Malone: »Ich wünschte, ich hätte eine Menge Ausreden für meine Leistung, aber ich hab keine. Ich weiß nur, wenn ich nicht anfange besser zu spielen, werden wir dieses Finale nicht gewinnen«, sagte eine verbitterter Karl Malone nach dem Spiel. Im ersten Spiel konnte John Stockton den Jazz noch zum Sieg verhelfen – diesmal spielte aber auch er nur ein

durchschnittliches Spiel – neun Punkte und sieben Assists waren an diesem Abend einfach zu wenig. Die Helden des Spiels waren diesmal Dennis Rodman und Scottie Pippen – Letzterer machte nicht nur 20 Punkte, sondern holte sich auch 18 Rebounds und schaffte nicht weniger als 20 Turnover. Bei den Jazz waren es Jeff Hornacek, Steve Kerr und Shandon Anderson, die das Spiel einigermaßen offen halten konnten. Alles in allem war es ein enttäuschender Abend – in Spiel drei, so versprachen alle, sollte es grundlegend anders werden – was für eine Prophezeiung!

Game 3

»Sie haben uns bei lebendigem Leib verschlungen. Ich habe noch nie eine Mannschaft gesehen, die in der Defensive so gut gespielt hat wie die Chicago Bulls heute Abend«, sagte der völlig enttäuschte Jazz-Coach Jerry Sloan – nachdem seine Mannschaft einen neuen Rekord in der NBA aufgestellt hat: Noch nie war es einer Mannschaft gelungen, in einem Finalspiel derart unterzugehen wie die Utah Jazz an diesem Tag. Ergebnis: 98:54. Ausgerechnet Malone, der in den ersten Spielen versagte, war es, der als einziger Jazz-Spieler zur Normalform fand. Der Rest der Mannschaft blieb in der aggressiven Verteidigung Chicagos wie eine Schulmannschaft hängen. »Die hatten heute Abend eine höllische Verteidigung und wir konnten nichts dagegenhalten«, resümierte Karl Malone. Eigent-

lich eine Aufgabe für den Ideengeber John Stockton, doch seine Ausbeute nach vier Spielhälften: zwei Punkte und sieben Assists.
Doch nicht nur in der Defensive brillierten die Bulls, auch in der Offensive überzeugten die Favoriten erstmals in den Play-offs. Und das Publikum in Chicago tobte. »Ich glaube, der Schlüssel für den NBA-Titel wird die Defensive sein. Nur unsere Verteidigung wird uns durch das Finale bringen«, analysierte Scottie Pippen.
Dennoch resignierten die Jazz-Spieler nicht – für sie war es kein Desaster, nur ein verlorenes Spiel. Und Jazz war noch immer im Rennen um den Titel. Jeff Hornaceks Resümee: »Schaut euch unsere Geschichte an. Wenn die Dinge schlecht laufen, dann laufen sie ordentlich schlecht. Bei uns gibt es halt keinen Mittelweg.«

Game 4

»Schlecht gelaufen« waren die Dinge für die Utah Jazz allerdings auch in diesem Spiel. Dieses Mal war es der Freak Dennis Rodman, der die Hoffnungen der Jazz nach Revanche für die Schmach im dritten Spiel zunichte machte. Und das wie immer in den letzten Minuten! Denn fünf Minuten vor Schluss führten die Utah Jazz noch mit 70:69, drei Minuten und 15 Sekunden vor Schluss stand die Partie noch unentschieden 72:72. Doch dann trat Rodman auf den Plan und fixierte mit einem Korb nach dem anderen den 86:82-Sieg. Entscheidend dabei war, dass Rodman alle Freiwürfe verwertete und gerade in den letzten Minuten die Rebound-Duelle gegen Karl Malone, sowohl in der Offensive als auch in der Defensive, klar für sich entscheiden konnte. »Sie haben mich an die Freiwurflinie gestellt, damit ich den Ball reinmache – und genau das hab ich getan«, war Rodmans cooler Kommentar

nach dem Spiel. Immerhin war der Exzentriker nicht unumstritten. Denn er hatte zwei Tage zuvor das Training geschwänzt um – man höre und staune – bei einem Wrestling-Turnier mitzumachen. »Rodzilla« erntete für seinen Freistilringkampf jede Menge Kritik und eine 10 000-Dollar-Strafe von den Chicago Bulls.
Bezeichnend für das Spiel war die Szene 43 Sekunden vor dessen Ende. Rodman und Malone sprangen nach einem Rebound. Beide drängten und schoben und krachten letztendlich zu Boden. Foul an Rodman, entschieden die Schiedsrichter. Empörung bei

Malone und den Utah Jazz. Rodman trat zum Freiwurf an und verwertete sicher.
Bei aller Rodman-Hysterie an diesem Abend sollte man allerdings nicht auf die Säulen des Chicago Spiels vergessen. Eine solide Performance vom genialsten Tandem der NBA, Pippen und Jordan, über die gesamte Spielzeit waren das Fundament für den Sieg. Nach diesem Auftritt der Chicago Bulls war für viele Beobachter klar, dass Spiel fünf in Chicago bereits die Entscheidung bringen würde ... Doch die Experten wurden eines Besseren belehrt.

Game 5
Vier Spiele hatte Karl Malone nicht gezeigt, was in ihm steckt. Nach jedem Spiel dasselbe Bild: Der »Mailman« entschuldigte sich bei seiner Fan-Gemeinde für einen weiteren »lausigen« Auftritt.

Er wirkte verunsichert, frustriert und so manche Zeitung schrieb schon vom Ende der Glanztaten des Karl Malone. Die Pensionierung schien ihm sicher.
Doch wie hatten sich alle geirrt. Ein Karl Malone gibt nicht auf. Ein »Mailman« findet immer einen Weg aus der Krise. Und ein Karl Malone in Form kann allemal ein Spiel – und sei es gegen den Champion – im Alleingang gewinnen.
Alle diese Faktoren trafen an diesem Abend zu. Wer geglaubt hatte, Chicago würde nach diesem Spiel zu einer tagelangen Siegesparty ansetzen, der hatte nicht mit Karl Malone gerechnet: Neun Rebounds, fünf Assists und nicht weniger als 39 Punkte schaffte der »Mailman« und fügte damit den Chicago Bulls eine 81:83 Niederlage zu. »Ich hab einfach versucht nicht mehr hinzuhören, was die Leute über mich sagen, und ich habe in den letzten Wochen aufgehört die Zeitungsberichte über mich zu lesen«, sagte Malone nach dem Spiel. »Und gestern hatte alles funktioniert. Wir wussten, dass dies kein gewöhnliches Spiel war. Es ging um alles: Angreifen oder sterben – das war die Devise.«
Und was war los mit den Chicago Bulls? Nun ja, die Eckpfeiler des vierten Spiels, das beste Tandem der Liga, Scottie Pippen und Michael Jordan, boten neben dem überragenden Malone ein eher armseliges Spiel. Nur 13 Punkte für Jordan und dazu kam noch, dass der Superstar 7 von 12 Würfen danebensetzte. »Da war Malone, der sie führte, sie haben ihre Chancen genutzt und sie haben so viel aggressiver

gespielt als wir«, sagte ein enttäuschter Michael Jordan.
Überragend bei den Bulls dafür: Toni Kukoc, der 30 Punkte machte.
Nun war wieder alles offen, 3:2 für den Favoriten aus Chicago. Und für Game 6 mussten die Bulls nach Utah und in der Mormonenstadt zu gewinnen ist bekanntlich nicht leicht.

Game 6

Das Spiel der Spiele in der Saison '98. Der Höhepunkt des Basketballjahres und des Superstars Michael Jordan. In diesem Spiel bekamen die Zuschauer alles zu sehen, was Basketball zu bieten hat. Schnelligkeit, traumhafte Ballbeherrschung und Dramatik bis zur letzten Sekunde. Und einen Michael Jordan, der nach diesem Spiel zu Recht die Krone des besten Basketballspielers der Welt aufsetzte. 87:86 für Chicago und der Meistertitel.
45 Punkte, mehr als seine Kameraden zusammen, scorte Jordan in diesem entscheidenden Spiel. Jordan war es, der seine Mannschaft, die permanent im Rückstand lag, immer wieder anfeuerte und das Spiel durch unglaubliche Würfe offen hielt.
Die Entscheidung fiel in den Schlusssekunden. Genauer: 41,9 Sekunden vor Schluss. John Stockton machte einen 3-Punkte-Wurf zur 86:83-Führung für die Utah Jazz. Die Halle tobte – das hätte für die Utah Jazz reichen müssen. Doch anscheinend hatte auch die Jazz-Verteidigung zu

früh gejubelt. Sie spielte unkonzentriert und attackierte nicht. 37 Sekunden vor Schluss – keine 4 Sekunden nach Stocktons Wurf – stürmte Michael Jordan ungehindert durch die Jazz-Verteidigung und legte ab: 86:85 für die Jazz. Was dann folgte, sollte der entscheidende Fehler der Saison werden:

Angriff für die Jazz. Malone hat den Ball – gibt zu Hornacek – der bleibt stehen, schaut, will Zeit gewinnen und macht einen vermeintlich sicheren Pass zu Malone. Darauf hat Michael Jordan gewartet: »Ich spürte instinktiv, dass sie diesen Spielzug über Malone führen wollten. Ich hielt mich hinter Malone versteckt und wartete. Karl konnte mich nicht sehen und ich hatte die Chance den Ball wegzuschlagen«, sagt Jordan später. Die Uhr zeigt 18,6 Sekunden verbleibende Spielzeit. Jordan stürmt mit dem Ball nach vorn, gekonnt überspielt er die Verteidigung. Letzter Mann bei den Jazz: Russell. One on One – Jordan macht eine Körpertäuschung, geht außen vorbei und legt den Ball sicher in den Korb. Noch 5,2 Sekunden sind zu spielen. Viel Zeit im Basketball. Jetzt könnte John Stockton unsterblich werden. Er wirft knapp innerhalb der 3-Punkte-Linie – doch der Ball ist nicht im Korb. Aus. 87:86 für Chicago – Sieg und Meistertitel. Zum zweiten Mal haben die Utah Jazz im Finale gegen die Chicago Bulls verloren.

Getrübt wurde die Leistung der Bulls allerdings durch die mehr als mäßige Schiedsrichterleistung: Eisleys Dreipunkter, der – wie die Zeitlupe bewies – kurz vor Ablauf der 24-Sekunden-Uhr abgefeuert war, wurde aberkannt. Dagegen zählte Ron Harpers Zweipunkter und der war eindeutig zu spät. Fünf Punkte also, die den Jazz vielleicht den Sieg gekostet haben.

Karl Malone, der beste Spieler der Utah Jazz an diesem denkwürdigen Abend, verzog sich sofort in die Kabine. Als er sich nach einer halben Stunde den Medien stellte, gab es nur eine Frage: Wird der »Mailman« zurücktreten? »Ich bin nicht der Typ, der nach so einem Spiel aufgibt. Ich werde mich jetzt zurückziehen und über alles in Ruhe nachdenken. Es war so eine knappe Niederlage«, erklärte Malone.

Rücktrittsgerüchte gab es nach dem Spiel jede Menge. Werden die Bulls auch in der nächsten Saison in dieser Besetzung spielen? Was ist mit Pippen, Rodman und Stockton? Ja, und was wird wohl Michael Jordan machen – der Superstar,

der alles gewonnen hat, was es zu gewinnen gibt? Wird er noch eine Saison anhängen?
Klar war allerdings eines für die Beobachter: Im nächsten Jahr würden es die Bulls nicht mehr so leicht haben ihren Titel zu verteidigen – zu viele junge, hungrige Spieler waren in dieser Saison aufgetreten und hatten die Bulls oft an den Rand einer Niederlage gebracht ...

Die Play-off-Ergebnisse

Viertelfinale

Eastern Conference:		*Western Conference:*	
Chicago–New Jersey	3 : 0	Utah–Houston	3 : 2
New York–Miami	3 : 2	Seattle–Minnesota	3 : 2
Indiana–Cleveland	3 : 1	L. A.–Portland	3 : 1
Charlotte–Atlanta	3 : 1	San Antonio–Phoenix	3 :1

Semifinale

Eastern Conference:		*Western Conference:*	
Chicago–Charlotte	4 : 1	Utah–San Antonio	4 : 1
Indiana–New York	4 : 1	L. A.–Seattle	4 : 1

Conference Finale

Eastern Conference:		*Western Conference:*	
Chicago–Indiana	4 : 3	Utah–L. A.	4 : 0

NBA-Finale

Chicago Bulls–Utah Jazz 4 : 2

DIE STARS

RODMAN

Michael »Air« Jordan – Superstar

Wenn Gott den perfekten Athleten kreieren hätte wollen, er hätte ihn in Form von Michael Jordan auf die Erde geschickt.

Larry Bird, Indiana-Coach

Das amerikanische Märchen beginnt mit einem Ball, und das ausgerechnet zu Weihnachten.
Da bekommt nämlich ein gewisser Michael Jeffrey Jordan von seinem Vater James einen Basketball geschenkt. James Jordan ist Soldat und lebt zu diesem Zeitpunkt mit seiner Frau Doloris, Michael und vier anderen Kindern in einem typisch amerikanischen Vorstadthaus in North Carolina. James hat schon vor längerer Zeit im Hinterhof einen Basketballkorb montiert – eigentlich speziell für Michael. Denn der ist ein etwas fauler, langsamer Typ – James will ihn wenigstens zu ein bisschen Sport motivieren. Als Michael diesen seinen ersten Basketball in den Händen hält, schreibt man das Jahr 1974. Michael ist gerade elf Jahre alt.
Und der Elfjährige nützt die Gelegenheit. Wann immer er Zeit hat, wirft er den Ball in den Korb. Dribbelt, wirft und punktet. Morgens, mittags und abends. »Ich musste ihn oft bestrafen, weil er nur mehr unter dem Korb stand«, erinnert sich seine Mutter.
Fünf Jahre später, im Sommer 1979, darf Michael mit den Pfadfindern ins Camp fahren. Michael ist ein Einzelgänger. Und so bleibt er

auch, als die Basketball-Teams gewählt werden, über. Er muss mit der schlechtesten Mannschaft spielen – und gewinnt. Der »Star« – natürlich Michael Jordan.
Der Anführer der Pfadfinder erkennt das Talent und ruft einen bekannten Talentesucher an. Der kommt, sieht Jordan und ist begeistert. Der Mann heißt Bob Gibbson und schwärmt: »Unglaubliche Athletik, irre schnell – aus dem wird was.«
Michael darf nun im Team der Laney High School spielen. Zwar wirft der Junge durchschnittlich 25 Punkte pro Spiel, doch seine Trainer glauben nicht so recht an sein Talent. Und niemand ahnt, dass ihn seine Fans später einmal »Gott, der als Michael Jordan verkleidet ist« nennen würden. Die Trainer raten Michael also, sich auf seine schulische Laufbahn zu konzentrieren.
Doch der hört nicht auf sie. Und auch andere Trainer sind anderer Meinung. Nach der High School heuert Michael bei der University of North Carolina an. College-Basketball ist die Basis zum großen Sprung in die NBA. Michael ist gerade 19 Jahre alt, als im März 1982 sein Stern aufgeht. Es ist das Meisterschaftsfinale und North Carolina tritt gegen die Favoriten aus Georgetown im Superdrom von New Orleans an. 60 000 Zuschauer, Liveübertragung in allen Bundesstaaten. Michael spielt ein gutes, wenn auch unauffälliges Spiel. Wenige Sekunden vor Schluss führt Georgetown mit 62:61. Michael Jordan bekommt den Ball, dribbelt, hebt ab, segelt mehr als fünf Meter durch die Luft und stopft den Ball in den Korb. Das war's, North

Carolina ist Meister – und dieser Dunk geht in die Geschichte ein.
Zwei Jahre später bekommt Michael Jordan einen Siebenjahresvertrag von den Chicago Bulls für sechs Millionen Dollar. Im selben Jahr wird Michael ins Olympiateam einberufen und

wird mit den USA Olympiasieger. Noch in derselben Saison 1984/85 wird Michael zum *Rookie of the year,* zum besten NBA-Neuling, gewählt. Und ist damit endgültig ein Star.
Mit Michael Jordan im Team kommen auch die Chicago Bulls wieder auf Touren. In den 70er-Jahren waren sie im Basketball-Keller. Schon in der ersten Saison mit Jordan schaffen sie den Einzug in die Play-offs. Doch bis zum ersten NBA-Titel sollte es noch Jahre dauern. Zu stark sind die L. A. Lakers und die Detroit Pistons zu dieser Zeit. Erst in der Saison 1990/91 dreht Michael den Spieß um. Im Finale besiegen die Bulls die

L. A. Lakers glatt mit 4:1 Spielen und Michael Jordan wird zum Spieler des Jahres gewählt. Und auch 1992 und 1993 kann niemand die Bulls und Jordan aufhalten. Michael Jordan ist längst der Superstar der NBA. Die Fans nennen ihn nur »Air Jordan« oder – andächtig – »His Royal Airness«. Kein anderer Spieler beherrscht den Platz so wie er. Niemand kann ihn wirklich decken und seine unnachahmlichen »Segelflüge« durch den gegnerischen Strafraum machen ihn nicht nur in Chicago unsterblich. Die Bulls setzen ihm zu Ehren eine drei Meter hohe Michael-Jordan-Statue vor das United Center. Es hat den Anschein, als würde die Siegesserie des Michael Jordan und seiner Bulls in diesem Jahrzehnt nicht zu stoppen sein ... Doch im Juli 1993 soll alles anders werden.
Am 23. Juli 1993 fährt James Jordan, Michaels Vater, mit seinem Auto durch North Carolina. Er ist übermüdet, hält am Straßenrand und schläft im Auto ein. Larry Demery und Daniel Green, beide 18 Jahre alt, sehen Vater Jordan in seinem Auto schlafen. Sie schlagen die Scheibe ein und erschießen James Jordan um sein Geld zu stehlen. Anschließend werfen sie den Leichnam in einen nahe gelegenen Sumpf. Erst am 3. August wird die Leiche gefunden. Am 15. August erfährt Jordan – er erholt sich gerade vom Stress der abgelaufenen Saison –, dass der Tote sein Vater ist. Die Nachricht stürzt den Superstar in eine tiefe Depression. Schließlich sieht er keinen Sinn mehr im Basketballspiel und schockt am 6. Oktober 1993, einen Tag vor Trainingsbe-

ginn, die Welt: »Es ist mir alles zu viel. Ich höre auf.«
Tausende Fans können Michael nicht breitschlagen. Jordan will fortan Baseball spielen. Oft hat er mit seinem Vater diesen Sport als Kind im Hinterhof betrieben. 1994 unterschreibt er einen Vertrag bei den Chicago White Sox. Doch Baseball ist nicht sein Sport. Er ist darin nicht einmal Mittelmaß. Und gibt daher sein Baseballdebüt bei den Birmingham Barons, einer Nebenmannschaft der White Sox – und das mit einer gehörigen Niederlage. Ein Jahr lang dümpelt Jordan durch die Niederungen der Baseballligen – der Exbasketballstar ist seelisch am Ende. Umso überraschender sein Comeback. Am 18. März 1995 erklärt er aus heiterem Himmel, dass er fortan wieder Basketball spielen werde. Für die Bulls, versteht sich.
Den Chicago Bulls fehlt ihre Leitfigur ohnehin an allen Ecken und Enden. Ohne Jordan scheiden sie 1993/94 im Semifinale aus und auch die Rückkehr Jordans kommt zu spät. Auch 1994/95 ist im Semifinale Schluss.
1995/96 hat Jordan zumindest auf dem Spielfeld seine Fassung wieder gefunden. In dieser Saison verlieren die Bulls in 82 Spielen nur 10 Partien. Und Jordan ist mit durchschnittlich rund 30 Punkten pro Spiel der dominierende Mann. Der vierte Titel ist den Bulls nicht zu nehmen. Auch die nächsten Jahre nicht …

Der reichste Sportler der Welt

Michael Jordan ist nicht nur auf dem Feld eine

Klasse für sich. Auch wenn's ums Geld geht, ist er nicht zu überbieten. Das US-Wirtschaftsmagazin »Forbes« hat sich seiner angenommen. Ergebnis: Michael Jordan ist der reichste Sportler der Welt. Allein 1997 soll Michael Jordan mehr als 80 Millionen Dollar verdient haben. 1998 sollen es weit über 100 Millionen Dollar gewesen sein.

Noch einmal so viel verdient Jordan mit seinen Werbe- und Ausrüsterverträgen. So ist Jordan Chef einer Tochterfirma von Nike. Schuhe und Klamotten tragen seinen Namen und dafür gibt's jede Menge Cash. Und auch Hollywood hat Jordan entdeckt. *Space Jam* – halb Zeichentrick-, halb Spielfilm, mit Jordan und Bugs Bunny in den Hauptrollen, spielte weltweit mehr als 100 Millionen Dollar ein. Und Jordan schnitt dabei wieder kräftig mit.

»His Royal Airness« kann es sich leisten so man-

ches Angebot auszuschlagen. So wollte die Jordanische Fluglinie mit Jordan werben – abgelehnt. Und das, obwohl die Jordanier ihm neben einer ansehnlichen Summe Geld auch noch einen Privat-Jumbojet samt Personal auf Lebenszeit zusicherten.
Sein »Häuschen« im Highland Park – logisch, mit der Nummer 23 – sagt eigentlich alles über den Reichtum Jordans aus. Es ist eher ein Schloss. Mit Tenniscourt, Basketballcourt, Schwimmhalle, eigenem Kino etc.
Doch so viel Ruhm und Geld hat auch seine Schattenseiten. Der Bodyguard ist allgegenwärtig. Beim Stadtbummel muss Jordan in der Limousine bleiben, und will er mal selbst Shopping gehen, so muss er das nach Ende der Geschäftszeiten tun. Die Hysterie um den Superstar wäre zu gefährlich. So halten die Shoppingcenter einfach länger offen – exklusiv für Jordan.
»Zu viel Geld verdirbt den Charakter« – dieses Sprichwort trifft auf Jordan nicht zu. Kollegen bescheinigen dem Superstar, keine Allüren zu haben. Charles Barkley sagte einmal: »Geld verdirbt den Charakter. Von wegen. Schaut euch Jordan an. Mike ist ein Supertyp.« Nachsatz: »Aber tauschen möchte ich nicht.«

Der Rücktritt des Superstars

Am 13. Januar 1999, nur Tage nachdem sich die Stars mit der NBA geeinigt hatten, gab »der Beste der Besten« seinen Rücktritt bekannt. »Ich bin ausgelaugt. Nicht körperlich, aber geistig.

Ich will mich nun mehr um meine Familie kümmern«, sagte Jordan.
Die Sportwelt trauerte. Die Radiostationen spielten Trauermusik und der Chicago-Bulls-Eigner Jerry Reinsdorf brachte es auf den Punkt: »Es ist der Tag, von dem ich und Millionen Basketballfans hofften, er würde nie kommen ...«

STECKBRIEF

Name: Michael Jeffrey Jordan
Geboren: 17. Februar 1963, Brooklyn
Größe: 1,98
Gewicht: 90
Spitzname: Air Jordan, His Airness
Familienstand: verheiratet, 3 Kinder
Karriere: Schulabschluss in Wilmington (North Carolina), 1982 Universitätsmeister (NCAA) mit North Carolina. 1984 von den Chicago Bulls gekauft – bekommt die legendäre Rückennummer 23
Erfolge in der NBA: 1984/85: *Rookie of the year* – der Titel für den besten Nachwuchsspieler in der NBA
Meisterschaftsgewinne: sechs, 1991, 1992, 1993, 1996, 1997, 1998
Dazu: zehnmal bester Werfer, fünfmal bester Spieler der Saison, einmal bester Deckungsspieler
Punkterekord in einem Spiel: 69 gegen Cleveland 1990
12-mal ins All Star Team gewählt.
Zweimal Olympiagold mit den USA: 1984 und 1992.

Ein Deutscher in der NBA
Die Detlef-Schrempf-Story

Er gehört nicht zu den Superstars der NBA. Und doch gilt er als unersetzlich und einzigartig. Er

ist ruhig, introvertiert und ein fleißiger, disziplinierter »Arbeiter«. Und gerade das machte ihn zur Stütze seines Teams. Detlef Schrempf, der deutsche Star in der NBA. Ohne Schrempf wäre Basketball in Europa wahrscheinlich noch immer eine Randsportart.

Und was noch wichtiger ist: Ohne den Mann aus Leverkusen wären die Seattle Super Sonics nicht der alljährliche Geheimtipp auf den NBA-Titel und der ständige Herausforderer der Bulls. Ist Schrempf in Hochform, so ist zumindest das Semifinale den Sonics sicher. Dreimal in den letzten 12 Saisonen

wurde Schrempf ins All Star Team der NBA gewählt.
Dabei hatte Schrempf in seiner Kindheit alles andere vor als ein Basketball-Star in der NBA zu werden. Schrempf, 1963 geboren – einen Monat später als »Air« Jordan –, spielte Fußball wie alle anderen Kids und war dabei gar nicht so schlecht. Seinen ersten Basketball nahm er erst mit 13 Jahren in die Hand. Detlef verletzte sich nämlich beim Fußballspielen und musste längere Zeit pausieren. Also nahm der 13-Jährige einen Basketball zur Hand, warf in seiner Freizeit nach dem Korb und wurde süchtig nach dem Spiel. Wahrscheinlich wär's das wohl gewesen. Denn in Deutschland war zu dieser Zeit das Interesse an Basketball eher mäßig. Doch da gab es ja das berühmte Schüleraustauschprogramm. Detlef wollte schon immer einmal in den USA zur Schu-

le gehen. 1980 war es so weit – Schrempf landete in Washington, und weil er ja mittlerweile ein Basketball-Fan war, heuerte er bei Centralia High School als Spieler an. Schon in seinem ersten Jahr gewann die Schule die Meisterschaft von Washington. Danach bekam Schrempf ein Stipendium der Universität Washington. Vier Jahre lang spielte er für die Huskies. Und in den letzten zwei Jahren führte er das Team zum Gewinn der Meisterschaft in der Pazifik-Division. Im selben Jahr spielte er erstmals im Olympiateam Deutschland bei den Olympischen Spielen in Los Angeles.
Den Dallas Mavericks gefiel die Art, wie Schrempf spielte, und sie übernahmen den Deutschen 1985 in ihr Team. Doch im Gegensatz zu anderen Newcomers im Team der Mavericks – wie zum Beispiel Sam Perkins – konnte sich Schrempf nicht wirklich durchsetzen. In der ersten Saison verbrachte er die meiste Zeit auf der Bank. Aber er fand die Lücke.
Schon 1986 war er ein regelmäßiger Bestandteil des Dallas Teams. Er konzentrierte sich auf 3-Punkte-Würfe. Und schon bald war er einer der Besten der Liga. Doch der nächste Karriereknick kam schnell.
Eine Knöchelverletzung hinderte den Deutschen daran, sich in den nächsten Saisonen durchzusetzen. Schrempf musste operiert werden und versäumte auch die ersten 12 Spiele der Saison 1988–89. Das war Dallas zu viel. Sie ließen Schrempf zu den Indiana Pacers ziehen.
Dort wurde er rasch zum fixen Bestandteil des

Teams. Mehr noch: In der Saison 1990–91 war er nach Minuten einer der meisteingesetzten Spieler der Pacers. Und dennoch: Die Pacers waren nur Mittelklasse und scheiterten bereits in der ersten Runde der Play-offs.
Langsam, aber sicher spielte sich Schrempf von Saison zu Saison unter die besten 15 Basketballer der Liga. Trotzdem scheiterten die Pacers immer wieder in der ersten Runde der Play-offs. Das war auch so im nächsten und letzten Jahr, in dem Schrempf für die Pacers spielte.
Schrempf ging zu den Seattle Super Sonics. Ein Team, das immer für Überraschungen gut war – positiven wie negativen. Den Sonics fehlte die Kontinuität. Auf ein Superspiel folgte oft gegen Außenseiter ein Debakel. Schrempf sollte der Mannschaft Rückhalt geben. Und das tat er auch. In der Vorsaison spielten die Sonics eine Traumpartie nach der anderen. Das böse Erwachen kam in der ersten Runde der Play-offs. Obwohl Schrempf durchschnittlich 18 Punkte pro Spiel lieferte, gingen die Sonics gegen Denver unter.
Obwohl die Sonics auch in der nächsten Saison in der ersten Play-off-Runde verloren, war er einer der besten 3-Punkte-Werfer und auch sonst lief es wie geschmiert. Mit Shawn Kemp und Gary Payton hatte der Deutsche im Angriff nun endlich die kongenialen Partner, die er sich immer wünschte. Die elfte NBA-Saison begann für Schrempf mit einer Enttäuschung: Verletzung – 12 Spiele Pause. Kaum zurück war er jedoch wieder in bestechender Form. Und die Sonics

legten auch ihre Play-off-Neurose ab. Locker gewannen sie die Western Conference und trafen im Finale auf die Bulls. Doch Chicago war noch eine Nummer zu groß für die Sonics: 4 : 2 verloren – und Schrempf mitten drin als Fixstarter im Angriff der Sonics. In der Saison 1996–97 bestätigten die Sonics ihre Leistung des vergangenen Jahres. Zwar verloren sie im Semifinale in einem 7-Spiele-Krimi gegen Houston. Dennoch hatten sich die Sonics und Schrempf in der Elite der NBA-Teams endgültig etabliert.
Das hatte allerdings zur Folge, dass das Team auseinander gerissen wurde. Sieben neue Spieler mussten eingebaut werden. Und die Saison wurde hart. In der zweiten Runde der Play-offs war Endstation.
Eine ähnlich harte Situation erwartet die Nummer 11 der Sonics auch für die nächsten Saisonen: »Es wird sehr eng für alle Teams in der Western Conference werden. Aber ich glaube, in unserer momentanen Verfassung können wir jeden Gegner schlagen.«
Und so wird Schrempf auch die nächsten Saisonen mit den Sonics bestreiten. Ans Aufhören denkt er noch lange nicht. Nur für die deutsche National-Mannschaft will er nicht mehr spielen. Zu anstrengend und zu zeitaufwendig. Und dann gibt's noch die Fans. Und die stellen immer dieselbe Frage. Detlef, was hättest du gemacht, wenn der Zufall dich nicht in die NBA geführt hätte? Und Detlef antwortet cool und gelassen wie immer: »Ich wollte zuerst immer Tierarzt werden. Dann dachte ich, dass ich doch lieber in

Deutschland Sport und Englisch studieren will. In Wirklichkeit weiß ich nicht, was aus mir geworden wäre. Ich weiß nur, ich hätte was Sinnvolles gemacht – und wäre erfolgreich gewesen.«

Die Basketball-Tandems

Die Stars der Bulls staunten nicht schlecht. Sogar Dennis Rodman, der immer und überall etwas zu sagen hat, verstummte. 22 Rebounds in einem Match. Das ist normalerweise die Sache Rodmans – doch diesmal war es sein Gegenspieler, der sich die Bälle schnappte: Tim Duncan, Rookie bei den San Antonio Spurs.
Klar – Tim, das ist ein Ausnahmekönner, werden jetzt viele sagen. Der Tim, der hat noch eine große Zukunft vor sich. Doch so simpel ist die Erklärung nicht.
Basketball ist ein Mannschaftssport. Auch klar. Taktik ist entscheidend. Klar. Stars, die tricksen und ein Spiel – so sieht es zumindest der Zuschauer – im Alleingang entscheiden können. Alles klar. Und doch gibt es da noch eine Kleinigkeit, die viele übersehen: die Basketball-Tandems.
Duncan war in Topform, aber entscheidend war auch, was sein Vordermann machte, und der ist kein Geringerer als David Robinson – der ehemalige Center. »Wenn man gegen die beiden spielt, muss man sein gesamtes Konzept auf den Kopf stellen«, analysiert Rudy Tomjanovich, Coach der Houston Rockets, die neue Defensiv-

kraft der Spurs. »Kaum hast du den Block des einen überwunden, steht dir sein Klon gegenüber. Passes an den Korb sind somit so gut wie sinnlos.«
Das wäre eine Strategie eines genialen Tandems, doch die NBA zeigt, dass es eine Vielzahl davon gibt. Hier die bekanntesten Beispiele.

Michael Jordan & Scottie Pippen
Ein Klassiker unter den NBA-Duos. Sie sind einfach das Nonplusultra der Basketballwelt. Die Aufgabenteilung ist klar: Jordan zaubert, Pippen organisiert und stimmt die Spielzüge ab. Was passiert, wenn einer der beiden ausfällt, hat man 1993–95 und im Herbst der Saison 97/98, als Pippen verletzt war, sehen können. Die Bulls spielten auf Sparflamme.

Tim Hardaway & Alonzo Mourning
Die Stars von Miami Heat üben den konservativen Tandemstil aus: Hardaway sorgt für den Spielaufbau und für die Dreipunkter, Mourning punktet am Korb und holt die Rebounds.

Karl Malone & John Stockton
Das Rückgrat der Utah Jazz spielt das berühmte »Pick and Roll System«. Forward Malone stürmt in den Wurfkreis und bekommt von Stockton den Ball. Läuft sich Malone in der Abwehr fest, macht er den Rückpass auf seinen Guard Stockton. Der macht nun wieder eine von drei Optionen: einen Dreipunkter, einen Pass auf den Center oder in Bedrängnis den kurzen Pass auf den in den frei-

en Raum sprintenden Malone. Funktioniert das System halbwegs, kommen selbst die Bulls ins Schwitzen.

Reggie Miller & Rik Smits
Die Indiana Pacers waren die Sensationsmannschaft der letzten Saison. Grundstein dafür war ein neues geniales Duo: der holländische Center Rik Smits und sein Guard Reggie Miller – im Konter ein unschlagbares Team.

David Robinson & Tim Duncan
Das ungewöhnlichste Tandem der letzten NBA-Jahre. Meist rückt Altmeister Robinson auf die Position des Power Forward, Duncan macht dann den Center. Der Clou: Da beide gelernte Center sind, wechseln sie dauernd die Positionen. Damit wird das Verteidigungskonzept nahezu undurchschaubar. Die Defensive ist kaum zu überwinden.

GLOSSAR

Basketball von A bis Z

Airball: Korbversuch, der nicht einmal den Ring berührt.

Alley Hoop: Der Ball wird in der Luft angenommen und ohne den Boden wieder zu berühren in den Korb gestopft.

Assist: Vorlage zum Korberfolg.

Bank Shot: Korbwurf, der vorher das Brett berührt.

Buzzer: Signal zum Ende eines Spielabschnitts.

Center: Position eines Spielers. Auch Position »5« genannt. Agiert immer nahe am Korb und ist meist der größte Spieler einer Mannschaft. Bester Center der Liga: Shaquille O'Neal.

Crunch-Time: Die letzten spielentscheidenden Minuten.

Crossover: Dribbeln und dabei Ballwechsel von einer Hand zu anderen.

Coast to coast: Dribbeln des Balles von einer Spielfeldseite zur anderen.

Defense (Verteidigung): Die Mannschaft ist dabei nicht im Ballbesitz.

Dunking: Der Ball wird von oben direkt in den Korb gestopft, also nicht geworfen.

Down-town: Korbwurf aus sehr großer Entfernung.

Fadeaway: Sprungwurf, bei dem ein wenig vom Korb weg gesprungen wird.

Fake: Täuschungsmanöver, Trick.

Fastbreak: Blitzschneller Gegenstoß.

In your face: Demütigung des Gegners, z. B. trotz enger Manndeckung einen Korbwurf machen.

Jump Shot: Sprungwurf.

Layup: Korbleger.

Offense: Angriffslinie der Mannschaft, die im Ballbesitz ist.

Off the Glass: Korbwurf mit Brettspiel bzw. mit Glas.

Point Guard: Position eines Basketballspielers, auch Position »1« genannt. Ordnet das Angriffsspiel und verteilt meist außerhalb des Wurfkreises den Ball. Meist kleine, wendige, dribbelstarke Basketballspieler. Bester Pointguard: John Stockton.

Power Forward: Position eines Basketballspielers, auch Position »4« genannt. Ähnliche Position wie der Center, jedoch nicht so nahe am Korb. Werfen auch aus der Distanz. Bester Mann der Liga: Karl Malone.

Rebound: Wenn ein Korbversuch misslingt und der Ball vom Korb abspringt, versuchen natürlich beide Mannschaften den abspringenden Ball zu bekommen. Der Spieler, der den Ball bekommt, hat den Rebound. Bester Spieler der Liga: Dennis Rodman.

Shouting Guard: Position eines Basketballspielers, auch Position »2« genannt. Er ist einer der zwei Flügelspieler, die etwa in Höhe der 3-Punkte-Linie spielen. Verbindungsglied zwischen Pointguard, Center und Power Forward. Bester Mann der Liga war Michael Jordan.

Small Forward: Position eines Basketballspielers, auch Position »3« genannt. Er ist der zweite Flügelspieler, meist mit der schwächeren Wurfausbeute. Dafür organisiert er mehr. Bester Small Forward: Scottie Pippen.

Starting Five: Die fünf Spieler, die das Spiel beginnen. Praktisch die A-Mannschaft.

Swish: Ball, der direkt ins Netz geht, ohne vorher das Brett und den Ring zu berühren.

Tip Dunk: direktes Tippen des Balles beim Rebound.

Turnover: Ballverlust.

Zone oder Key: Durch Linien gekennzeichnetes Trapez nahe dem Korb. Angreifende Spieler dürfen sich nur drei Sekunden darin aufhalten.

Bildnachweis

Cover: Charles Barkley beim Spiel New York Knicks – Houston Rockets am 22.2.1998 © Sportimage Fotoagentur
S. 7: Dennis Rodman beim Dunking © Allsport USA; Contrast
S. 11: Detlef Schrempf vor dem Freiwurf © Bongarts
S. 15: Streetball in den Straßen New Yorks © Allsport USA; Contrast
S. 19: Shaquille O'Neal im Kampf mit Dennis Rodman © Allsport USA; Contrast
S. 23: Michael Jordan kämpft um den Rebound © Sportimage Fotoagentur
S. 27: Streetballturnier in Deutschland, Archiv der Autoren
S. 33: Streetballplatz in New York © Contrast
S. 36: Streetball in den Straßen New Yorks © Contrast
S. 37: Dennis Rodman nach einem erfolgreichen Korbwurf © Allsport USA; Contrast
S. 40: Streetballturnier, Archiv der Autoren
S. 41: Streetballturnier in Deutschland, Archiv der Autoren
S. 45: Shaquille O'Neal beim Dribbeln © Allsport USA; Contrast
S. 48: Michael Jordan mit eigener Mode © Vienna Report
S. 49: Michael Jordan beim Training © Vienna Report
S. 52: Michael Jordan beim spektakulären Dunkversuch © Allsport USA; Contrast
S. 53: Michael Jordan: Positionskampf © Allsport USA; Contrast
S. 56: Trainingseinheit der Profis © Champion U.S.A. collection
S. 65: Basketball in den Ghettos New Yorks © Contrast
S. 68: Detlef Schrempf beim Freiwurf © Bongarts
S. 69: Ob Profis oder Amateure: am Korb zählt die Technik © Champion U.S.A.
S. 73: Basketball – schnell, athletisch und dynamisch, Archiv der Autoren
S. 80: Beidhändiges Passspiel, Archiv der Autoren
S. 81: Dribbling: Immer mit einem Blick für die Gegner, Archiv der Autoren
S. 85: Gary Payton: technisch perfektes Dribbling, Archiv der Autoren
S. 96: Technisch perfekter Ableger, Archiv der Autoren
S. 107: Shaquille O'Neal in Aktion © Allsport USA; Contrast
S. 110: Scottie Pippen, genialer Passspieler der Bulls © Sportimage Fotoagentur
S. 111: His Royal Airness: Michael Jordan © Sportimage Fotoagentur
S. 114: Dennis Rodman bester Rebounder der Liga © Allsport USA; Contrast
S. 115: Auch Karl Malone in Topform konnte die Bulls nicht stoppen © Allsport USA; Contrast
S. 118: Scottie Pippen beim Freiwurf © Allsport USA; Contrast
S. 123: Dennis Rodman, der Paradiesvogel der Liga © Allsport USA; Contrast
S. 126: Muskelbepackter Athlet Michael Jordan © Allsport USA; Contrast
S. 129: Michael Jordan in Aktion © Allsport USA; Contrast
S. 132: Detlef Schrempf, der deutsche Star der NBA © Bongarts
S. 133: Detlef Schrempf: seine Spezialität, der 3-Punkte-Wurf © Bongarts
S. 144: Muskelmann Shaquille O'Neal © Allsport USA; Contrast
Illustrationen S. 76–100: Rita Vitorelli

O'NEAL
32